アレクシア
古代遺跡に眠っていた
ルーン族の少女
『貴方はルーン言語を話せるの』
【翻訳】の才能で
俺だけが世界を改変できる件
～ハズレ才能【翻訳】で
気付けば世界最強に
なってました～

「それには及びません。
なにせ俺は貴方を助けに来ましたから」
ノア
【翻訳】の才能で世界最強の
魔法使いになった少年
「私が時間を稼いであげるから
早く逃げなさいよ！」
セレナ
A級冒険者の少女

ファフニール
規格外の強さを持つ
S級モンスター
『なんだこの人間……！　化物か!?』

ユン
魔導具技師で
考古学者の少女
「ノア！　ノアがいないと私、生きていけないから！」

『せっかくならノアも一緒に入れば良い』
「ちょ、ちょっとアレクシア!? 何やってるの!?」

「――お前の力、使わせてもらうよ」
世界は文字で出来ている。
きっと【翻訳】なら万物を創造してしまうだろう。

【目次】

CONTENTS

【翻訳】の才能で俺だけが世界を改変できる件

～ハズレ才能【翻訳】で気付けば世界最強になってました～

蒼乃白兎

ファンタジア文庫

3174

口絵・本文イラスト　かなどめはじめ

――この世界は『文字』によって形作られている。

【翻訳】の才能で俺だけが世界を改変できる件

~ハズレ才能【翻訳】で気付けば世界最強になってました~

序章『ハズレの才能【翻訳】』

「鑑定士……。早く結果を言いなさい。ノアの才能は一体なんだと言うのだ！」

アルデハイム家の現当主――ヒルデガンドは怒りを露《あら》わにしていた。

鑑定士はゆっくりと重たい口を開いた。

「ノ、ノア君の才能は……【翻訳】……だけです……」

「な、な……なんだと……!?」

ヒルデガンドは目を大きく開けて、その場で立ち尽くしていた。

――魔法貴族アルデハイム家は先祖代々、優秀な魔法使いを輩出してきた名家である。

才能によって魔法の上達具合は大きく異なるため、この鑑定結果はアルデハイム家の誰もが注目していた。

ノアの父親にして、アルデハイム家の現当主――ヒルデガンドがノアに期待しているのは【攻撃魔法】【属性魔法】の才能適性だった。

攻撃魔法と属性魔法は魔法使いの主な攻撃手段となる。

同じ【攻撃魔法】の才能があったとしても、その中で良し悪《あ》しは存在するが、アルデハイム家は魔法使いの中でも超優良血統。

優れた才能を継承する可能性は非常に高く、ノアは強い魔法使いへと成長していける
……はずだった。

だが、鑑定されたのは【翻訳】の才能……魔法の才能はない。

それはすなわち、魔法を使えないということ。

【翻訳】のような才能を授かることなど、アルデハイム家では異例の事態だった。

呆然《ぼうぜん》とするヒルデガンドだったが、気持ちは徐々に怒りに変わっていった。

「父上……どうかしたのですか?」

ノアも幼いながらにして、父親の自分を見る目が変わったことを感じ取った。

「ノア……よくも俺の顔に泥を塗ってくれたな……」

「ち、父上……」

ヒルデガンドはノアに近付き、その頬を平手で叩《たた》いた。

パチン、と音が鳴り、ノアの頬が赤くなった。

「黙れ! 貴様は俺の子ではないッ!」

ヒルデガンドはそう怒鳴り、部屋から去って行った。

鑑定士は困惑しながらもヒルデガンドの後を追って行く。

取り残されたノアは泣き崩れたが、泣き声をあげることはなかった。

父親に「黙れ！」と言われたからだ。

ノアはそれを忠実に守っていた。

「ごめんなさい……ごめんなさい……」

部屋には静かに謝罪を連呼する幼い声が響いていた。

しかし、ノアの才能は魔法使いとして最上級のものだった。

なぜなら、この世界は『文字』によって形作られているからだ。

その『文字』を読み解くことができる【翻訳】という才能は世界の構造を作り変えるだけの力がある。

——だが、そのことを今のノアはまだ知らない。

◇

この一件からノアはアルデハイム家の者から冷遇されるようになった。

最低限の教育もされずに、食事を与えられるだけ。

屋敷《やしき》に仕える者はノアの世話すらしなかった。

ヒルデガンドが使用人達にノアの世話をすれば解雇する、と伝えていたからだ。

それほどまでに何の罪もない我が子に対してヒルデガンドは激怒していた。

ノアは良い子でいるように努力したが、誰からも褒められることはなかった。

そして、父親に叩かれ、怒鳴られたときのことを毎日思い出していた。

ふとした瞬間に思い出し、ノアは涙を流した。

誰からも相手にされないノアは書庫でよく本を読んだ。

本を読んでいる間だけは余計なことを考えずに済んだからだ。

ノアは文字の読み書きを教えてもらってはいなかった。

だが、文字を見ただけですぐに読めるようになった。

文章の読解力も常人の何倍、何十倍と優れていて、すぐに本の内容を理解することが出来た。

5歳の子供が読まないような分厚い本をノアは夢中で読んでいた。

ある日、ノアは庭で不思議な石板を発見した。

かなりの時の流れを感じさせる石板で苔《こけ》が生えていた。

石板には見たこともない文字が刻まれていた。

石板の文字を見たノアはしばらくの間、石板を凝視した。

「この文字……すごく難しい」

ノアは今までどんな言語でもすぐに理解してきたが、この文字だけは一向に理解できる気がしなかった。

結局、その日は石板の文字を理解することが出来なかった。

それからノアは時間さえあれば石板の前にやってきて、解読をしていた。

……1ヶ月が経《た》った頃、ようやくノアは石板の文字を解読した。

「書庫の本を裏面の通りに入れ替えろ……？」

ノアは石板の裏面を見ると、そこにも同じ言語の文字が書かれていた。

20冊の本の入れ替え先とその順番が書かれていた。

ノアはそれをメモして、実際に本を入れ替えてみた。

すると、書庫にあった本棚はひとりでに動き、その先には通路が続いていた。

「凄《すご》い……」

ノアはそう呟《つぶや》いて、その先に進んで行った。

先に進むと、本棚は元の位置に戻った。

(何もしていないのに……)

ノアは不思議に思った。

通路は暗くなったが、すぐに壁に埋め込まれていた魔照石が青白く光った。
(なんだか怖いなぁ……)
そう思ったノアだったが、恐怖心よりも好奇心が勝った。
通路を進んでいくと、木の扉があった。
扉の上には石板と同じ言語で『隠し書庫』と記されていた。
ノアはワクワクする気持ちを抑えて、深呼吸をしてから扉を開けた。
部屋の中に入ると、本の独特なにおいがノアの鼻孔をくすぐった。
ノアが入ると、部屋は明るくなった。
通路のような青白い光ではなく、昼白色の光だった。
部屋の中には10の本棚があった。
ここが古い場所だとノアは感覚的に分かったが、埃《ほこり》が一つもないから不思議だった。
ノアは本棚から1冊の本を手に取った。
本の題名は『古代魔法の導入』というもの。
ノアは既に自然にこの言語を読めていた。
そしてこの日から隠し書庫の魔導書を読むことがノアの日課になった。

第一章『魔法貴族家の追放者』

「ノア、成人後はこの屋敷から出ていきなさい」

俺は父上の書斎に呼び出され、急にそんなことを言われた。

成人したらこの屋敷を出ていかなければならないみたいだ。

成人する年齢は15歳。

あと三日で俺は15歳の誕生日を迎える。

「はい、分かりました」

「貴様はアルデハイム家の長男だが、次期当主にはしてやらんぞ。なにせ魔法の才能がないのだからな」

「存じております」

「この俺を憎むなよ？　むしろ魔法の才能のない貴様をその歳《とし》まで育ててやったことを感謝して欲しいぐらいだ」

「ええ、勿論《もちろん》です。父上には感謝しております」

「……ふんっ。ならいい。分かったならさっさと行け」

「それでは失礼します」

この屋敷にいられるのもあと三日かぁ……。

そう思うと、少し感慨深かった。

いつもと同じように書庫に向かう道中、廊下の掃除をしている使用人と出会った。

「いつもお疲れ様です」

俺は笑顔で使用人に挨拶をした。

「……」

使用人は表情を変えずに黙々と掃除をする。

昔から話しかけても無視されてきたから慣れている。

それでも俺は使用人達に感謝を忘れない。

どうしてか？　と問われれば、俺がそうしてもらいたかったから。

自分の他者に対する振る舞いは、幼少期の自分がしてもらいたかったことだと思っている。

話しかけてもらったり、優しくしてもらったり、助けてもらったり……。

そんな人として当たり前のことを俺は求めていた。

そして満たされなかったからこそ、俺は自分から誰かにそうしたいと思っている。

まぁ……完全な自己満足だろう。

◇

書庫に着くと、椅子に座って本を読む。

アルデハイム家では何も教育が施されなかったので、必要な知識は本から学んだ。

隠し書庫に通うようになってから約10年が経ち、既に蔵書されていた『古代魔導書』は全て読み切ってしまった。

約10年であの魔導書を全て読むことが出来たのも【翻訳】の恩恵が強いだろう。

アルデハイム家の者は『ハズレの才能』と言うが……。

ま、とにかく俺は【翻訳】のおかげで現代魔法の代わりに、沢山の古代魔法を身につけることが出来た。

現代魔法とは現代の魔法使い達が使う魔法のことで、魔法の才能がないと使えない。

選ばれし者だけが使えるもの、それが現代魔法の認識だ。

生き物は必ず魔力を持っているのに、才能がないと魔法が使えない。だから、魔法の才能を持つのは凄いことだと思う。

俺なんかには逆立ちしても真似《まね》できない。

しかし、そんな俺でも古代魔法なら使うことが出来た。

古代魔法は魔導書を読むだけで取得できる。

それは魔導書に記されている独特な言語——古代文字《ルーン》が作用するからだ。

古代文字《ルーン》を正しく組み合わせることで古代魔法は発動するのである。

その組み合わせによって、魔法の種類や内容も変化する。

つまり古代魔法の理解とは、すなわち古代文字《ルーン》の理解である。

……で、肝心の古代文字《ルーン》とはなんだ？　ってことなんだけど、古代文字《ルーン》とは、魔力を帯びた他言語よりも圧倒的に情報量の多い文字だ。

これがめちゃくちゃ難しくて、5歳の頃の俺は解読するのに1ヶ月もかかった。

さて、本題に戻ろう。

古代文字《ルーン》を組み合わせる方法は2通りある。

体内で組み合わせるか、体外で組み合わせるか。

そして前者を古代魔法、後者を古代魔術、といった具合で名称も少し変わる。

少し分かりづらいだろうか？　だったら一つ具体例を出そう。

隠し書庫を見つけたとき、自動で魔照石が光っただろう？

あれは古代魔術が発動したからだ。

特定の条件が満たされたとき、魔照石が反応するように古代文字を組み合わせていたのだ。

体外で古代文字を組み合わせる古代魔術はこのような使い方をする……らしい。

では古代魔法はどのように使うのか。

体内で古代文字を組み合わせると言っても、これは感覚的なものだ。

一番簡単な方法だと、古代文字を詠唱すれば古代魔法は発動する。

難しい方法は無詠唱で発動することだ。

その場合は体内で魔力を操作して、古代文字を組み合わせなければならない。

これが中々難しい。魔法の才能がない俺は10年経って、やっと満足に使うことが出来るようになった。

「おい。ノア、とうとう家を追い出されるんだってな」

俺の前に赤髪の少年が現れた。

彼は次男のグレン。才能適性は【火属性魔法】で年齢は13歳。

現在のアルデハイム家の次期当主候補は間違いなくグレンだろう。

グレンは意地の悪い笑みを口元に浮かべていた。

「やあグレン。情報が早いね」

「当たり前だろう？　父上から僕が次期当主であることを告げられたとき、ついでにノアの今後も聞かされたんだ」

「なるほど、寂しくなるね」

「っは！　何を言い出すかと思えば、そんなことか。寂しいわけないだろう。魔法も使えないお前はアルデハイム家の恥なんだからな。いなくなって清々するぜ」

「はは、そうかもしれないね」

「……何を笑っているんだよお前。魔法も使えないくせによォ！」

そう言ってグレンは右の手のひらの上に火の球を浮かばせた。

「ほら、お前にこんなことが出来るか？　ハッハッハ！」

俺はふーっ、と息を吹いてグレンの火の球を消した。

ただ息を吹くだけでは消せないので、無詠唱で古代魔法を使わせてもらった。

ちなみに《微風《そよかぜ》》という古代魔法だ。

「は、はぁ？　なんで魔法が消えたんだ⁉」

「まあまあ良《い》いじゃないか。こんな場所で火魔法は危ないからさ」

「うるさい！　黙れ！」

「あ、うん」

「チッ……とにかくお前はアルデハイム家に生まれて魔法も使えないような無能なんだ！　とっとと家から追い出されて野垂れ死ね！」

グレンは捨て台詞《ぜりふ》をはいて、去って行った。

「魔法……か」

しかし、グレンとは昔から仲良く出来なかったな……。

最後まで仲良く出来ないとは悲しい限りだ。

「……少し早いけど出て行くか。アルデハイム家は俺がいない方が幸せだろう」

俺は荷物をまとめて、家を出た。

◇

さて、屋敷を飛び出してきたが、これからどうしようか。

俺はうーん、と腕組みをして考えた。

まずはウチが統治しているアルデハイム領の外に出ていくのは確定として、行き先を決める必要がある。

所持金は金貨1枚。

これは最低限の手切れ金として父上が渡してくれたものだ。

とりあえず当分の生活は凌《しの》げるが、どこかで稼ぐ手段を見つける必要がある。

「……うーん、ちょっと自分のやりたいこととかをまとめた方がいいよなぁ」

という結論に至ったので、アルデハイム領の商業区域にある酒場に足を運んだ。

酒場の中はとても賑《にぎ》やかだ。

こんなに賑やかなところに来るのは初めてで新鮮だった。

席に座り、サンドウィッチを注文した。

サンドウィッチの値段は銀貨1枚なので、金貨1枚を支払い、お釣りで銀貨99枚を貰《もら》い、麻袋に入れる。

「さて、どうしたもんか」

俺は腕を組み、運ばれてきたサンドウィッチをつまみながら真剣に今後のことを考えた。

自分がしたいことは何なのか……。

これまでの人生を振り返ると本を読んでばかりだった。

【翻訳】のおかげで沢山の知識を得ることが出来た。

「――あ、次はそれを間近に見てみるとかいいかもな」

世界には色々な文化があり、旅をしながらそれに触れていく未来を想像した。

「……なんだかとても楽しそうでワクワクするな」

ろくにアルデハイム家の外に出ることがなかったから世界を旅するってだけでも大興奮だ。

でも世界を旅することと並行して、お金も稼がなければならない。

自給自足の生活をするのも一つの手段だろうけど、便利な生活を送りたいのならば金は必要だ。

これらを満たすには——。

「冒険者が一番だろうな」

冒険者という仕事は人気が高く、実力社会だ。

あまり興味はないが、実力があれば富と名声を手に入れられる。

冒険者になれば、世界を旅しながらお金を稼げる。

俺の目的にピッタリな職業だろう。

「よし、決まりだな」

◇

酒場を後にした俺は乗合馬車に乗り、アルデハイム領から出ていくことにした。

アルデハイム領内にも冒険者ギルドは存在するが、ここで冒険者に登録すると俺の素性がバレてしまう可能性が高い。

そうなればアルデハイム家に迷惑がかかってしまう。

なので、少なくとも領内を出てから冒険者に登録しようという訳だ。

銀貨2枚を払って、東にあるルベループに向かう。

ルベループはワジェスティ領だ。

領地が違えば、冒険者登録をしてもアルデハイム家の迷惑になることはないだろう。

乗合馬車に乗ると、中には7人の客がいた。

「アンタ、どこまで乗っていくんだい？」

背中に大きなバックパックを担《かつ》いだ青年が声をかけてきた。

バックパックには色々な物が入っていて、どうやら商人のようだ。

「ルベループに行こうかなと」

「ほぉ～、ルベループか。あそこはなかなか栄えている街だよな」

「ええ。なんでも枯れた土地を豊かにしたとか」

「おぉ！　詳しいねぇ！」

「たまたま本で読んでいただけですよ」

「いやいや、謙遜するなよー！　俺は商人で結構世界を回っているんだけどな、街の今を知っている奴《やつ》は沢山いるが、歴史について知っている奴は中々いないもんよ」

「はは、ありがとうございます」

彼はエドガーという名前らしい。

乗合馬車での移動中は退屈だからよくこんな風に乗客と話すらしい。

やっぱり乗合馬車に乗って良かった。

これは本を読んでいるだけだと分からない知識だ。

やっぱり実際に色々なものを見て回らないと、実態は分からない。

尚更《なおさら》、世界を見て回りたくなった。

◇

「ヒヒィイ――――ン！」

馬車が急に停まり、乗客は姿勢を崩して前のめりになった。

「おいおい、一体何があったんだ？」

エドガーは馬車から顔を出して、前方の様子を確認した。

「ありゃ魔物じゃねーか……しかもめちゃくちゃ強そうだぞ！　それに誰かが戦ってる

な」

俺も馬車から顔を出して前方の様子を確認する。

エドガーの言うように魔物と鎧《よろい》を着た騎士が戦っていた。

魔物はA級モンスターのウィンドタイガーだ。風を纏《まと》った巨大な虎である。

この付近はE～D級の魔物しか出現しないため、A級モンスターの出現は異常事態だ。

すぐさま馬車は反転し、来た道を引き返し始めた。

「やれやれ、戦っている奴らには悪いが今のうちに逃げさせてもらうのが一番だよな」

エドガーは冷や汗を拭って呟《つぶや》いた。

「……いえ、俺は助けに行きます」

「は、はぁ⁉ 助けるって死んじまうぞ⁉ 命を無駄にすることはねえよ！」

「放っておけないんですよ。心配してくださってありがとうございます」

「馬鹿野郎……ッ！」

俺はエドガーに微笑んで、馬車から飛び降りた。

「《着地》」

俺は古代魔法を使い、走る馬車から着地し、ウィンドタイガーのもとへ駆け出した。

……理屈じゃなかった。何かに突き動かされているような、そんな感覚。

きっと俺の生い立ちが関係しているのだろう。

助けてほしいときに助けてもらえない苦しみは痛いほど分かる。

俺の才能【翻訳】が誰かのために使えるなら、俺は惜しみなく使う。

さて、ウィンドタイガーとの距離は30ｍほど。

この距離なら魔法を当てることが出来る。攻撃系統の古代魔法を使うのは初めてだ。

……不安はあるけど、やるしかない。

やらなきゃ誰も助けられない。


「《終極の猛火》」

燃え盛る紫の火炎がウィンドタイガーに向けて放たれた。

ウィンドタイガーは瞬く間《またたくま》に紫の火炎に呑《の》み込まれ、黒焦げになり、骨だけが残った。

俺は魔物と対峙《たいじ》していた人達に近寄り、安否を確認する。

「あの、大丈夫ですか？」

唖然《あぜん》とした様子で騎士がこちらを見ていた。

その後ろには、高貴なドレスを着た、まるでどこかの国のお姫様のような美しい女性が座り込んでいた。

「これは其方《そなた》がやったのか……？」

騎士が兜《かぶと》を脱いで言った。女性だった。

「ええ、お二人とも無事なようでなによりです」

「……こちらこそ危ないところを助けて頂きありがとうございました。あ、あの……お名前はなんと言うのですか？　さぞ高名な魔法使いだと見受けられるのですが……」

ドレスを身に纏ったお姫様のような女性は言った。

「名前はノアと言いますが、そんな大した者じゃないですよ」

「ノア様……素敵なお名前ですね。助けて頂いたお礼をしたいので、これから私とアルデハイム家の屋敷にご一緒してもらえませんか？」

……どうやら二人はアルデハイム家の客人だったようだ。

だが、俺はもうアルデハイム家を追放された身分だ。戻ることは避けた方がいい。

この二人には悪いが、逃げさせてもらおう。

「お二人が無事だったことが何よりのお礼です。先を急いでますので、これで失礼します
──《空間転移》」

俺はさっきいた場所から姿を消して、３㎞先の道まで転移した。

「ふぅ……人から感謝されたのは初めてだったな。お礼を蔑《ないがし》ろにするのも悪かったよなぁ……。まぁ仕方ないか。気を取り直してルベループに向かおう」

古代魔法の《疾駆》を詠唱して、走ってルベループに向かう。

整備された街道を走っていては他の人に迷惑をかけるかもしれないので、街道から外れた道を走った。

正直、馬車よりもこちらの方が速いのですぐにルベループに到着するはずだ。

そして、そこから俺の冒険者生活が始まる。

将来のことを思い描くと、今からとても楽しみで、すごくワクワクした。

◇

ノアに助けられた二人は、アルデハイム家の屋敷《やしき》を訪れた。

「わざわざ我が屋敷までお越しいただき、ありがとうございます。クローディア殿下、ヒルデガンド」

ヒルデガンドはノアが助けた女性に向かってお辞儀をした。

女性の名はクローディア——アルデハイム領が属するラスデア王国の第二王女である。

「こちらこそお招き頂き、ありがとうございます」

クローディアもヒルデガンドのお辞儀に応え、挨拶を返した。

「クローディア殿下、お初にお目にかかります。わたくし、グレン・アルデハイムと申します」

ヒルデガンドの隣に立つグレンも続け様に挨拶をした。

「ええ、よろしくお願いしますね」

クローディアはグレンに微笑《ほほえ》んだ。

(な、なんて可愛《かわい》い子なんだ……！)

その笑顔にグレンは一目惚《ひとめぼ》れしてしまった。

(ふふ……こんな可愛い子が将来は僕の奥さんになるとはなぁ！)

クローディアがアルデハイム家を訪れた理由はお見合いだった。

アルデハイム家が更なる地位を築くための政略結婚だ。

本来ならばアルデハイム家の者が王都へ出向くはずだった。

しかし、クローディアの我儘《わがまま》で王女側が出向く形となったのだ。

いつも宮殿内で生活するクローディアにとって、このような遠出をする機会など滅多に無かった。

だからクローディアはあまり気乗りしなかったお見合いも受け、アルデハイムの屋敷を訪れたわけだ。

「しかし、道中何事もなかったようで何よりです」

ヒルデガンドは王族のような自分よりも地位の高い者の前では高圧的な態度を一切取ら

ない。

ノアに対する態度とは真逆だった。

「いえ、それが……実はウィンドタイガーに襲われてしまいまして」

「なんと！　A級モンスターではございませんか！　よくぞご無事で……」

「実は護衛が手も足も出ない中、一人の男性に助けて頂いたのです。魔法で紫の炎を放ち、ウィンドタイガーを一撃で仕留めてしまったのです」

クローディアはその時のことを思い出すと、少し胸が高鳴った。

「ほう。紫の炎……ですか。そのような魔法使いがいるとは驚きですな」

「とても礼儀の正しい方でした。綺麗《きれい》な黒髪で真《ま》っ直《す》ぐとした目をしていました。その者はノアという名の魔法使いなのですが、ヒルデガンド卿《きょう》はご存じですか？」

クローディアの発言にヒルデガンドは内心焦《あせ》る。

（黒髪で名前がノアだと……？　まさかアイツのことじゃないだろうな……。いや、そんなわけがない。アイツは魔法も使えないような無能だ。同一人物であるはずがなかろう）

そう判断したヒルデガンドは冷静さを取り戻した。

「知りませんな。しかし、火属性の魔法の使い手ならグレンも超一流。クローディア殿下のお眼鏡にかなうかと」

ヒルデガンドがそう言うと、グレンは表情を引き締めた。

彼らの反応を見て、クローディアは冷ややかな気持ちになった。

「――では、アルデハイム家の長男であるノア・アルデハイムはどこにいらっしゃるのでしょうか？」

クローディアの発言にヒルデガンドとグレンは面食《めんく》らった。

まさか、ここでノアの名前が出てくるとは予想だにしていなかった。

クローディアは一度ノアの姿を見たことがあった。

それはノアが才能を鑑定される前のこと。

ラスデア城で開催されたパーティーにアルデハイム家の長男としてノアは出席していた。

そのときの記憶をクローディアは思い出したのだ。

アルデハイム家に向かう、という状況下でなければ記憶の引き出しを開けるのは難しかっただろう。

クローディアがノアのことを思い出せたのはタイミングが良かったからだ。

「……クローディア殿下、我が家にノアという者はおりません。それに長男はここにいるグレンでございます」

「そのノアという奴が使った魔法が何なのかは知りませんが、よろしければわたくしがそれ以上の火属性魔法をお見せしましょう」

グレンはドヤ顔でそう言い放った。

(決まった……ッ！　今の僕めちゃくちゃカッコいいだろ！　これはクローディア殿下も惚《ほ》れること間違いなしだぜ！)

――と、グレンは思っていたのである。

だが、クローディアはそれを一瞥《いちべつ》して流す。

「そうですか。では、お見合いの話は保留にさせて頂きます。一度王都に戻ってからアルデハイム家について調べ上げてきます」

「な、なにをおっしゃるのですか！　そんなことをせずともノアという者は我が家におりません！　それに道中で出会った魔物もウィンドタイガーではなかったのかもしれません。気のせいという可能性も否定できないでしょう。このあたりは滅多にA級モンスターが出現することもないですから。そのノアという者はE級、D級のモンスターを一撃で倒しただけかもしれません」

ヒルデガンドは慌てて、クローディアの説得を試みた。

しかし、それはクローディアの逆鱗《げきりん》に触れるだけであった。

「……なるほど、ヒルデガンド卿は私の護衛がE級、D級のモンスターに後れを取る、相手にならない、と言いたい訳ですね」

「い、いえっ！　そのような意図は一切ありませんっ……！　あくまでも可能性の話をしただけであって……！」

「分かりました。とにかくここでの会話は何も意味を持たないようですね。一度王都に帰らせて頂きます。それではご機嫌よう」

クローディアは護衛を引き連れて、ヒルデガンドの声を聞くこともなく去って行った。

ヒルデガンドは地面に伏して、悔しそうに拳を握りしめていた。

「……父上、僕の結婚はどうなるのでしょう？」

「バカ者！　そんなことを言っておる場合ではない！」

「は、はいっ！　も、申し訳ございません！」

「これはただちにノアを連れ戻さなければ。こうなっては私が直々に捜しに行くしかあるまい……」

ヒルデガンドに残された時間はそう多くはない。

クローディアよりも先にノアの居場所を突き止めなければ、アルデハイム家が落ちこぼれを追放したという事実が広まって一気に評判が落ちてしまうことだろう。

それだけは阻止しなくてはならない。

ヒルデガンドはアルデハイム家の当主に恥じないレベルの超一流の魔法使いだ。
ノアをクローディアよりも先に我が家に連れ戻すことぐらい造作もない。
すぐさま捜索の準備を終え、ヒルデガンドは屋敷を出発するのだった。

第二章『冒険者登録』

ルベループに到着した俺は早速、冒険者ギルドへ向かうことにした。

場所が分からないので、露天商に場所を尋ねる。

「いらっしゃい！　美味《おい》しい果物が沢山あるよ！」

「では白林檎《りんご》を一つください」

「まいどあり！」

「えーと、それからすみません。冒険者ギルドってどこにありますか？」

「冒険者ギルドなら、この道を真っ直ぐ行くと噴水のある広場に出るから、そこを右に曲がれば見えてくるはずだよ！」

「ふむふむ、ご丁寧にありがとうございます」

俺は貰《もら》った白林檎を食べながら冒険者ギルドに向かう。

「美味しいな……白林檎」

露天商に教えてもらった通り歩いて行くと、冒険者ギルドに到着した。

周りとは少し違う屋敷のような大きな2階建ての建物だった。

扉を開けると、中の雰囲気はまるで酒場のようだった。

実際に酒を飲んでいる人達も多い。

もう少しで日が暮れるので、早めに活動を切り上げた人が多いのかもしれない。

冒険者ギルド内の中央には受付があり、その前に人が並んでいる。

冒険者登録はギルドの受付で行うことが出来るので、俺も同じように列に並ぶ。

しばらく待つと、列はどんどんと進んでいき、やっと俺の番に回ってきた。

「次の方どうぞー」

受付嬢が俺にそう声をかけてきたときだった。

「た、大変だ！」

バタン、と勢いよく冒険者ギルドの扉が開かれた。

開いた人物は制服姿で冒険者ギルドの職員だと分かる。

「先日、依頼されていたルベループ火山に現れた火竜の討伐クエスト……！　あれは火竜じゃなくてS級モンスターのファフニールだったみたいだ！」

ギルド職員がそう言うと、ギルド内はざわめいた。

「ファ、ファファニール⁉」

「どうするんだよ……！　この街に攻めてきたらおしまいだぞ……！」

冒険者達は恐怖で怯《おび》えている様子だった。

「ちょ、ちょっと待ってください！　今、該当クエストの受注者を確認したところA級冒険者のセレナさんが単独で引き受けているようです！」

「なに……？　今すぐ連れ戻さないと彼女の命が危ないぞ……」

「しかし、セレナさんなら既にファフニールと対峙《たいじ》している可能性も……」

「くっ……！」

話を聞いていると、事は一刻を争う状況だった。

……俺が《空間転移》を使えば、ここにいる誰よりも早くセレナという人物に合流出来る可能性は高い。

ルベループ火山の地理的な場所は理解している。すぐにでも向かえるはずだ。

そう思ってからの行動は自分でも驚くほど早かった。

「あ、あの受付はよろしいのですか？」

「ええ。すぐにここから逃げようと思って」

「は、はぁ……」

受付嬢は少し呆《あき》れた表情をしていた。だけど、これでいい。

セレナさんを助けに行くなんて言えば、引き止められるのは間違いないからな。
俺は冒険者ギルドの外に出て、路地裏に移動し、《空間転移》を唱えた。

◇

ルベループ火山の麓に転移してきた。
かなりの距離を移動したため、魔力の消費が激しい。
だが、腐ってもアルデハイムの血筋を持つ俺は常人よりも圧倒的に魔力が多い。
おかげでまだ古代魔法は使えそうだ。
「さて、セレナさんは一体どこにいるかな——《魔力探知》」
周囲の魔力反応を探ってみることにした。
すると、山頂に大きな魔力反応が二つあった。
一つはファフニールで、もう一つは——。
「セレナさんだろうな」
対峙する前に連れ戻したかったが、それは手遅れのようだ。
セレナさんを助けるにはファフニールと戦う可能性がある。
S級モンスターは魔物の中でも規格外の強さを誇っている。

セレナさんを助けようとすれば、俺自身も命を落とすかもしれない。

だけど、答えは考えるまでもなかった。助けられる命があるなら俺は助けたい。

それにウィンドタイガーを倒したときに思ったんだけど、俺って結構強いみたいだから。

「《空間転移》」

◇

転移先では、長い金髪の少女が地面に剣を刺し、片膝をついていた。

そして、目の前には巨大な竜の姿があった。

あれがファフニールか。

「だ、誰ッ⁉ どこから来たの⁉ っていうより、こんなところに来てバカじゃないの⁉ 早く逃げなさい！」

「えーっと、貴女《あなた》がセレナさん？」

「そうよ！ でもそんな呑気《のんき》なことを言ってる暇はないの！ 目の前の化物が見えないわけ⁉ 私が時間を稼いであげるから早く逃げなさいよ！」

そう言って、セレナさんは立ち上がろうと力を振り絞った。

「それには及びません。なにせ俺は貴女を助けに来たのですから」

「そんなの出来るわけ――ッ！　危ないっ！」

ファフニールが俺に向けて、強靱《きょうじん》で巨大な前足を振り落としていた。

「《魔力障壁》」

ファフニールの前足は俺の前に展開された結界によって、動きを止めた。

やはりファフニールという強敵にも古代魔法は通じるみたいだ。

そして古代魔法が取得できたのは【翻訳】のおかげだ。

この才能を授かったことに感謝しよう。

ひとまず、ファフニールの攻撃に対処しなければいけないだろう。

《魔力障壁》で展開した結界を動かして、ファフニールの前足を弾《はじ》き飛ばす。

ファフニールの巨軀《きょく》が動いたが、倒れることはない。

でも、この隙に古代魔法が詠唱できるはずだ。

「《終極の猛火》」

ウィンドタイガーを一撃で倒した《終極の猛火》をファフニールに向けて放った。

「グワアオォッ！」

ファフニールの大きな口から青の火炎が放たれた。

青の火炎と紫の火炎がぶつかり、相殺《そうさい》され、大きな衝撃が発生した。

凄《すさ》まじい風に俺は吹き飛ばされた。この向かい風の中では詠唱が出来ない……！
宙に投げ出された俺は《軌道反転》を無詠唱で発動。
これで吹き飛ばされた際の勢いは消すことが出来た。
「《空歩》」
《空歩》を詠唱し、俺は宙に浮かぶ。
「よし、お返しだ──《魔力衝撃》」
ファフニールに魔力で衝撃を与える。
ドンッ、とファフニールの巨軀が揺れて、地面に倒れた。
ただこれはバランスを崩しただけ。まだ勝負の決め手にはなってない。
『なんだこの人間……！　化物か⁉』
なにか聞き慣れない声がした。
下を向き、セレナさんを見てみる。唖然《あぜん》とした表情で俺を見上げていた。
……仮にセレナさんが言うならわざわざ人間って表現をするか？
妙に引っかかる言い回しだった。
『なぜ封印から目覚めたばかりでこんな化物と戦わなければならんのだ！』
化物と戦う……？

もしかして、この声の主ってファフニールだったりするんじゃないか？

俺は試しに話しかけてみる。

『今喋《しゃべ》っているのは、もしかしてファフニールですか？』

『ぬ⁉　まさか化物が喋っているのか⁉』

この様子だと、どうやら声の主はファフニールのようだ。

『ば、化物って……。地味に傷つくな……』

『お、おお、それはすまん……。なんと呼べばいいのだ？』

『ノアって呼んでもらえると嬉《うれ》しいです』

『うむ。分かったぞ、ノア。ところで一つ頼みがあるんだが……どうか殺さないでくれえ‼』

『良《い》いですよ』

『即決だと⁉　しかも良いのか！』

『意思疎通出来るようですし。でもそのかわり、これから人間を殺さないって誓ってくれますか？』

『ふっ、それぐらい容易《たやす》い。なにせ我は草食なのだからな！』

かなり意外な事実が明らかになった。

『他のファフニールも草食だったりするんですか？』

『いや、我だけだろうな。我は昔、ヤンチャしていたんだが、そのせいでこの火山に封印されることになってしまったのだ。最近目覚めたが、こうやって人間が我を倒しにやってくるので困っておる。自分がファフニールのイメージを下げてしまったのが原因だろうな』

『ふむふむ、分かりました。とりあえず、今ここにいるもう一人の人間と話してみますね』

『おお、助かる！　説得してやってくれ！』

うーむ、なんとも気のいいファフニールだ。

……ん？　平然とファフニールと話していたが、これってなんかおかしくないか？

普通は魔物と話せないんじゃないか？　……まあいいか。

とりあえず、セレナさんを説得してみよう。地面に降り、セレナさんに近寄る。

「大丈夫ですか？」

「大丈夫だけど、それよりファフニールをなんとかしないと……！　私もあなたのサポートぐらいなら出来るはずよ！」

セレナさんは傷ついた身体《からだ》を無理に動かして、立ち上がろうとした。

「ちょ、ちょっと一旦ストップ！」

「私なら大丈夫だから！　それにこの機会を逃すとファフニールを倒せない……！」

「違うんです！　このファフニールは温厚な奴《やつ》なんです！」

「温厚？　どこがよ！　あなたのことを先に攻撃してきたのはアイツでしょ！」

「確かに……」

俺はファフニールに尋ねる。

『ダメだ、ファフニールから攻撃してきたせいでこの女性が信用してくれない』

『そもそもこの戦いはその娘から仕掛けてきたのだ！　我がノアに攻撃を仕掛けたのも仲間だと思ってやったのだ！』

『なるほど、伝えてみるよ』

『よろしく頼む』

セレナさんはジーっと俺を見ていた。まるで不可解なものを見るかのように。

「ね、ねぇ……もしかしてあなた、ファフニールと話してる？」

あぁ、そうか。

セレナさんは俺が口にしている言語が分からないわけか。

古代文字を理解しているものにしか詠唱は理解出来ないし、ファフニールと話しているのも訳が分からないことだろう。

話しているときは気付かなかった。

しかし、ファフニールと会話するときの言語はラスデア王国の共通語であるラスデア語とは大きく異なる。

「はい。おっしゃる通りです」

「信じがたいけど……ファフニールを見る感じそんな雰囲気よね……」

攻撃が止まったファフニールを見て、セレナさんは言った。

「もうこのファフニールに戦う意思はないんです」

「……そう。ならあなたのことを信用してみるわ。私のこと助けてくれたわけだしね」

「ありがとうございます！」

「感謝するのはこっちの方よ。助けてくれてありがとね」

「あはは、どういたしまして。しかし、これで一件落着ですね」

「……どうかしら。一件落着とはまだいかないかもしれないわ」

セレナさんがそう言って、俺は気付いた。

「――そうか。ファフニールを倒さなかった場合、ラスデア王国は間違いなく討伐しにくる。そうなれば、また面倒なことが起きる」

「ええ。あなたの言う通りこのファフニールが温厚な魔物だとしても国はそれを信じることは出来ない」

……何か策はないかな。

『ところで、ノアは従魔契約を結ぶことは出来るか？』

『従魔契約？　出来るけど、どうしたの？』

『……ダメ元で聞いてみたが出来るのか、流石《さすが》だな。そして我は思いついたのだ。ノアの従魔となれば、この問題は解決する』

『それは素晴らしいんだけど……従魔契約を俺と結んでも良いの？』

『もちろんだ。でなければ、我から提案はせん。それにお主に興味を持った。我と意思疎通できる人間など外にはおらんからな』

『ははっ、それなら俺も嬉しいよ。まるで友達が出来たみたいだ』

『くく、従魔を相手に友達か。面白い人間だ』

俺は早速、ファフニールに《従魔契約》を詠唱する。

これは心を開いてくれた魔物にのみ使うことが出来る古代魔法だ。

ファフニールが心を開いていてくれれば、発動するはず……。

発動しなかったらどうしよう。

「あ、あなた……今何をしているの……？」

セレナさんは呟《つぶや》いた。

あ、セレナさんにはファフニールと従魔契約するということを伝えてないんだった。

忘れていた。

「今からファフニールと従魔契約を結ぶんです」

「ええ……？」

呆《あき》れられてしまった。

でも、ファフニールが助かるなら俺はなんだっていい。

《従魔契約》の魔法陣がグルグルと回って、ぽんっ、とファフニールの巨軀《きょく》を包む煙が発生した。

『おお、これはすごいぞ！』

煙の中でファフニールが喜んでいるのが聞こえてきた。

『一体何が凄《すご》いんだ？』

『見てみれば分かる！　ほら、煙が晴れてきたぞ』

煙が晴れると、そこにはファフニールの姿が無かった。

「ど、どこに行ったの⁉」

「《魔力感知》」

ファフニールの魔力はこの場所に存在する。だから消えているわけではないようだ。

『ノア、我はここにおるぞ！』

足元を見てみる。なんと、そこには小さな赤色の竜がいた。

『……従魔契約を結んだら小さくなったの？』

『うむ』

『おお……じゃあどこに行っても大丈夫だな。まさかこんな小さい竜がS級モンスターのファフニールだとは誰も思わないだろうから』

小さくなったファフニールの姿を見て、セレナさんは目を丸くしていた。

「ね、ねぇ……まさか……ファフニールってこの小さい竜になってたりする？」

「どうやらそうみたいだね」

「もう……一体どうなってるのよ！」

「あ、あはは……。まぁこれで一件落着かな」

「……ふふっ、そうね。あなたのおかげで何事もなく終われてよかったわ」

「役に立てたようなら何よりだよ」

「役に立てたとかそんなレベルじゃないわ。これは大手柄よ。あなたの活躍で大きな混乱を防いだのだから。そういえば、名前はなんて言うのかしら？」

「ノアって言います」

「ノア……いい名前ね。私はセレナ。一応A級冒険者よ」

「じゃあセレナさんは俺の先輩って訳だ」

「先輩？」

「うん。俺はこれから冒険者になるんだ」

「……冒険者になんかならなくてもノアの実力なら宮廷魔術師にでも何でもなれると思うけど」

「そうですかね……。でも、仮になれたとしても今の俺はそれを望みません。これから俺は世界を旅しようと思っているので」

「ふーん、変わってるわね。でも、私もそんな感じだから人のこと言えないんだけどね。まぁいいわ。とにかく、これからよろしくね。ノア」

そう言って、セレナさんは俺に手を差し伸べた。

「はい。これからよろしくお願いします。セレナさん」

俺はその手を握って、微笑《ほほえ》んだ。

その後、セレナさんには火竜もファフニールもいなかった、と冒険者ギルドに報告して

もらった。

もちろんセレナさんの証言だけを信じることはできないので、調査は入るはずだが、ファフニールがいなければ問題に発展することはないだろう。

そんなわけでセレナさんには先に冒険者ギルドに戻ってもらった。

セレナさんが助けてもらったお礼をしたいと言っていたので、後で合流することになっている。

なにやら食事をご馳走《ちそう》してくれるみたいだ。

実家にいたときは感謝される経験などほとんど無かったため、こういった厚意は非常に嬉《うれ》しい。

そして今回の一件で俺の従魔になったファフニールだが、俺の周りをパタパタと飛んでいる。

ルベループに戻ってくると、周りからの視線を感じる。

本で得た知識だが、従魔自体はテイマーという魔物を使役する職業があることもあって、そこまで偏見がないはずだ。

たしか隣国のイルエド公国のヘクイルという港街では、テイマーのギルドがあるとか。

従魔契約をするための魔導具もあるぐらいなので、従魔を連れていること自体は珍しくないはずだ。

それでも視線を感じるのは小さなドラゴンを従魔にしているのが珍しいのかな？

……あ、いや、違う。首輪だ。

使役されている魔物か見極める際に必要となるので、首輪をしていないのを不審に思った人達が見ているのだろう。

早く買わなければ！　……ということで、冒険者ギルドに向かう途中でアクセサリーショップに寄った。

そして銀貨10枚で従魔用の首輪を購入した。

ちょっと値段が高かったけど、白い首輪をつけたファフニールはとても似合っていた。

『ふむ。小さい体も悪くはないな』

『それなら良かった』

『なかなか面白いぞ。身体が小さくなった分、我の世界は広がっておるからな』

『ははは、確かに前の大きさだと建物の中にも入れないね』

『うむ。こうして人間の文化に触れてみるのも楽しいものだ』

『うんうん。その気持ち凄く分かるよ』

『おお、ほんとか！　さすがノアだな』

ファフニールとは気が合いそうだ。

そう言っている間に冒険者ギルドに到着した。

冒険者ギルドの受付は既に終了していた。冒険者登録は明日にするしかないようだ。

ギルドの中はもう完全に酒場だ。冒険者たちがかなり騒いでいる。

辺りを見回していると、セレナさんの姿を発見した。

壁に寄りかかって、こっちこっち、と手招きをしていた。

「お疲れ様です」

「うん。そっちこそお疲れ様。とりあえず、ここで話すのもなんだから移動しましょう」

「移動？　どこに行くんですか？」

「私の家よ」

「なるほど、確かに今日の出来事は公の場だと話しにくいですからね」

「そういうこと。じゃあ行きましょう」

冒険者ギルドを出て、街中を歩いた。

ルベループは結構大きな街で建物が多く並んでいた。

しばらく歩いていると、周りの建物が民家ばかりになり、居住区域に入った。

「着いたわよ」

セレナさんの家は周りの民家と変わらない平屋の木造の建物。

「ほら、入って入って」

「お邪魔します」

家の中には部屋が二つあり、セレナさんはキッチンに向かった。

「そこの椅子に座って、待ってて。今何か作るから」

そう言って、セレナさんは料理を始めた。

『ふむふむ、ここが人間の住処《すみか》か』

『あんまり色々なところ覗《のぞ》いちゃダメだよ』

『そうなのか？』

『ファフニールも自分の住処をジロジロ観察されたくないだろ？』

『その感覚は分かるな。縄張りは勝手に荒らされたくないものだ』

ファフニールと喋《しゃべ》っていると、セレナさんが声をかけてきた。

「ノアって凄いわね。あんなに強力な魔法を使えて、魔物とも話せるなんて」

トントン、と包丁で野菜を切る音が聞こえてくる。

「別に凄くないですよ。魔法や魔物については、育った環境が影響しているのかな？　と思ってます」

「育った環境かぁ……結構苦労してそうね。普通の生活だと、それだけの力は身につけられないだろうから」

「そんなことないですよ、楽しく生活してましたから」

「本当？」

「……まあ少しぐらいは複雑だったかもしれませんが」

「そうね、でもこうしてノアは立派に育っているんだから、前向きにいきましょ。私なんかに言われなくてもノアは十分前向きでしょうけど」

「そんなことないですよ。そう言ってもらえると元気がわいてきます」

「ふふ、それは良かった」

俺はアルデハイム家のことを少し思い出した。

でも俺はどこかで魔法とかそんなもの関係なく、認めてもらいたかった。

「はい、お待たせ」

出来上がった料理は、牛肉のステーキとオニオンスープだ。

なんとも良い香りがしてくる。

ファフニールの食事も一緒に出してくれた。

ファフニールは草食だと伝えておいたので、お皿には何種類かの薬物野菜がのせられて

いた。早速食べてみる。

牛肉を一口サイズに切って、口の中に運ぶ。

じゅわー、と肉汁が溢《あふ》れてきてとても美味《おい》しい。

「……お口に合うかしら？」

「とても美味しいです！」

「そ、そう。それはよかった」

セレナさんは嬉しそうに微笑んだ。

「それじゃあ古代魔法のことについてお話ししましょうか」

「ええ。是非聞いてみたいわね。でもその前に一つ、かしこまって話さなくても大丈夫よ？　私の名前もさん付けしてくれなくても良いし、自然に話してもらって構わないわ。その話し方が楽ならそれでも良いからね」

セレナさんの気遣いがとても伝わってきた。

うん、もうちょっと話し方を崩してみようかな。

「……分かったよ。気遣ってくれてありがとね」

「そ、そんな気遣ってなんかないわよ。ただ、面白い話を聞く訳だからノアも気分よく話してもらえればって思っただけだから！」

「それを気遣いって言うんじゃないかな？」

「う、うるさいわね」

『この娘はノアと違って少し素直じゃないところがあるみたいだな』

『はは、そうだね』

俺がファフニールと話しているところを見て、セレナはムスっとした表情を浮かべた。

「い、一体何を話しているのかしら？」

「セレナって少し素直じゃないところがあるよねってファフニールと話したんだ」

「そ、そんなことない！　素直だからね！」

「ははは、そうだね」

『うむ。人が良さそうな娘だ。我を見逃してくれただけはあるな』

ファフニールは感心している様子だった。

「もう、まったく……」

セレナは取り乱していたのを正して、自分の分の料理を食べ始めた。

思えば、食事をしながら誰かと会話をするのは5歳以来かもしれない。

なんだかとても楽しい気分だった。

◇

セレナと楽しい食事を終えた後、俺は宿屋にやってきた。

セレナからオススメされた『宿り木亭』という宿屋だ。

宿泊費は1泊につき銀貨2枚。

長く滞在すれば安くなるようだったが、いつルベループを出て行くか未定のため、とりあえず1泊にしておいた。

そして翌日、俺は冒険者ギルドに向かった。

冒険者ギルドは昨日と比べて人が少ない。

立派な武器や防具を纏《まと》った人たちが席で朝食を食べている。

中央にある受付の前には誰も人が並んでいない。

これならすぐに冒険者登録が出来るだろう。

受付には昨日とは違う受付嬢さんがいた。

「ようこそ、冒険者ギルドへ。本日はどのようなご用件でしょうか？」

「すみません、冒険者登録をしたいのですが」

「登録の前に冒険者の説明をいたしましょうか？」

「お願いします」

「かしこまりました」

冒険者については既にある程度知っているが、念のため確認をしておこう。

冒険者にはF、E、D、C、B、A、S、と等級があり、依頼などで実績を積むことで昇格していく。

S級の冒険者はラスデア王国の中でも12人しかいない実力者だ。

セレナはA級であるため、かなりの実力者である。

クエストは難易度が冒険者ギルドにより定められている。

等級に応じたクエストを受けることが推奨されている。

一つ上の等級のクエストまでなら受けることが出来る。

それ以上高いクエストは、ギルド職員、もしくは実績のある冒険者からの推薦があれば、受注を検討してもらえる。

だから場合によっては、受注出来ないこともあるというわけだ。

依頼料のうちの一割はギルドが徴収している。

クエストに書かれている報酬はギルドの取り分を引いた値段である。

クエストに失敗すると罰金が発生するので注意が必要。

といった説明を受付嬢にしてもらった。

「それから、そちらの子竜は従魔でしょうか？」

「ええ、そうですね」

「戦闘用の従魔でしたら、冒険者登録の際に情報を記入させて頂きますが、いかがでしょう？」

従魔は魔物であるため、ある程度戦闘力が高いものとされている。

なので、従魔と一緒に魔物と戦うということも戦い方の一つとして挙げられる。

ただ、それ以外にもペット感覚で飼われている戦闘しない従魔も存在する。

俺はファフニールにチラッと視線をズラした。

『ノアよ、どうした？』

不思議そうにファフニールは呟《つぶや》いた。

……戦闘用の従魔にすれば、もしかするとファフニールであることがバレてしまうかもしれないな。

これは万が一を考えて、戦闘用ではないことを伝えた方が良いかもしれない。

「戦闘用の従魔ではないので大丈夫です」

念のため、そう申告しておく。

「かしこまりました。それでは冒険者登録をする前に才能の鑑定をさせて頂いてもよろしいでしょうか？　才能を鑑定することによって、その人物に応じたクエストを紹介しやすくなり、自分の能力に適したパーティに所属しやすくなります」

才能鑑定か……。

嫌な思い出だが、基本的に冒険者になる者はみんな鑑定してもらっているようだ。

鑑定料をギルドが負担しているため、わざわざ受けないという人は基本的にいない。

「はい、お願いします」

「ありがとうございます。それではあちらの鑑定室に移動してもらってよろしいでしょうか？」

「分かりましたー」

受付の右にある鑑定室に移動した。鑑定室には鑑定士が待機していた。

テーブルの上には紙とペンが用意されている。

紙には、名前、性別、年齢、種族、才能、といった項目が設けられていた。

どうやらこの紙の才能の部分に鑑定結果を記すようだ。

「初めまして、私は鑑定士のカールと申します。よろしくお願いいたします」

「俺はノアです。よろしくお願いします」

カールさんは眼鏡をかけた中年の男性だ。優しい笑顔が印象的だった。

「それでは早速、才能の鑑定をさせて頂きますね。失礼いたします」

そう言って、鑑定士は俺の身体《からだ》の前に手を置いた。

鑑定士の手がぽわっ、と淡く光る。そしてしばらく経《た》つと、光が徐々に消えていった。

鑑定士はテーブルの上に置いてある紙の才能の項目に【翻訳】と記した。

「ではこちらの紙を受付に持っていって、登録を完了させてください」

「はい、分かりました」

「それから才能についてなんですけど、正直【翻訳】という才能は珍しいです。なかなか重宝される才能だと思います。ですが……冒険者としてはあまり有用ではないので、他の仕事に就いた方が良いかもしれません」

「はは、そうかもしれませんね。ご忠告ありがとうございます」

紙を貰《もら》って、俺は受付に戻る。

『ふむ。ノアの魔法の才能は鑑定されないのだな』

『まぁ才能があるわけではないからね』

『何を言っておるのだ。ノアの魔法の才能はとんでもないぞ』

『そんなことないよ』

『古代魔法を使う際も魔力の操作はしっかりと行われていた。古代文字《ルーン》を理解しているだけで使いこなせる技術ではないぞ』

『過大評価じゃないかな……？』

『むぅ……。どこまでも謙遜するヤツだな』

受付で鑑定士から貰った紙を見せると、受付嬢は目をパチパチと動かした。

「翻訳……えーっと、冒険者登録してしまって大丈夫ですか？　もし冒険者登録を止《や》めるのなら、鑑定費で銀貨1枚頂くことになりますが……」

「大丈夫です。冒険者登録しますので」

「わ、分かりました。それでは残りの項目を記入してください。文字の読み書きは出来ますか？」

「はい。出来ますよ」

ペンを貸してもらい、残りの項目を記入する。

名前：ノア　性別：男　年齢：15　種族：人間族

よし、これで大丈夫だ。

「ありがとうございます。ギルドカードを発行しますので少々お待ちください」

そしてしばらく待つと、ギルドカードを受付嬢から渡された。

「冒険者の身分を証明するためのギルドカードになります。ギルドカードにノア様の情報が登録されたので、ギルドの魔導具でクエスト状況の確認が出来ます。他の冒険者ギルドでも冒険者活動が可能ですので、ご安心ください」

「なるほど、ありがとうございます！」

「いえいえ、登録した当初はF級からのスタートになりますので、クエストを受ける際はF級、E級に向けたものか確認してくださいね」

「分かりました」

これで冒険者登録が完了した。早速クエストを引き受けてみよう。

クエストが掲載されている掲示板を見てみる。

F級、E級クエストは掲示板の端のほうに貼りだされていた。

『まずどのクエストを受けるのだ？』

『そうだな……』

お、これとかいいんじゃないかな？

俺は1枚のクエスト依頼書を手に取った。

手に取ったクエストはF級冒険者向けのクエストだ。

[薬草の採取依頼　目的：薬草10本の納品　推奨：F級　報酬金：銀貨4枚]

依頼書を見て、ファフニールは怪訝《けげん》そうに言った。

『む、宿代ぐらいしか稼げないではないか』

『まぁ最初はこんなもんじゃないかな？』

『せめてE級のクエストを受ければいいものを……』

『どうせならF級から受けてみたいよね』

『まぁその気持ちは分からんでもないな』

『それに冒険者は報酬金以外にもお金を稼ぐことは出来るから』

その一つとして、素材の買い取りがあげられる。先ほどの鑑定士が素材の査定をしているのだ。才能の鑑定だけが仕事ではないということだ。

……そういえば、クエストは同時に何個まで受けることが出来るのだろう。

収穫クエストなんかは使えそうな魔法があるから、並行して進められそうに思う。

どうせなら1回の活動で何個もクエストを達成出来る方が良《い》いよね。

クエストの依頼書を持って受付に向かった。

「こちらのクエストを受けたいんですけども」

「かしこまりました」

受付嬢はクエストの依頼書にプレートをかざした。魔導具だろう。

　プレートは赤い光を発して、依頼書を読み取っているようだった。

「はい、これでクエストの受注が完了しました。達成出来なかった場合は罰金が発生するのでご注意ください」

「分かりました。それから他にもクエストを受けたいなぁと思っているのですが、同時にいくつまでならクエストを受けることが出来ますか？」

「原則、複数のクエストを同時に受けることは出来ませんね。クエスト達成率が下がる原因にもなってしまいますので」

「なるほど、ありがとうございます。ではギルドで買い取っている素材で価値の高いものを教えて頂いてもよろしいですか？」

　クエストを複数受けることが出来ないなら、買い取りを利用しようと考えた。

「そうですね……薬草の採取地域はここから東にある森になりますので、その辺りで採れるものとしては［万能草］や［マジカルハーブ］が希少価値は高いですね。どちらも銀貨30枚で買い取られています」

　銀貨30枚。報酬金を考えると結構な額だ。

「それ以外の素材も買い取りはされていますか？」

「はい。ただ買い取らない素材も勿論《もちろん》ありますので、その点はご理解ください」

「分かりました。ありがとうございます」

俺はペコリと頭を下げて、受付を離れる。

［万能草］と［マジカルハーブ］か……余裕があれば探してみよう。

◇

薬草の採取地域であるルベループの東の森にやってきた。

『さて、我も薬草を探すぞ』

『ちょっと待ってね。その前に試してみたい古代魔法があるんだ』

『ならば待っていよう』

『ありがとう、ファフニール』

試してみたい古代魔法は、素材採取に便利なものだ。

魔導書を読んでいたとき、その実用性が書かれていたのだが、とても便利そうだった。

屋敷にいた頃に少しだけ使ってみたが、確かにこれは便利だと納得した覚えがある。

右手を前に伸ばして、詠唱する。

「《素材探索》」

これは右手の先から魔力の波動を流して、周囲の状況を確認する魔法だ。

目を閉じると、周囲の地形図が映し出されて、どこにどんな素材があるのか分かる。

この魔法の凄《すご》いところは、素材になるだけの価値があるものと無価値なものを選別してくれている点だ。情報を最小限に抑え、有用なものだけを表示してくれている。

『また規格外のことをやっておるな』

『そんなことないよ。本当に規格外なのはこの魔法を考案した人物だよ』

『それもそうだが、使いこなせるノアも十分に規格外だぞ』

『はは、お世辞でも嬉《うれ》しいよ』

『お世辞などではないのだがな……』

俺は全然規格外などなんかではない。

なにせアルデハイム家にあった古代魔導書は全て一人の人物が書き上げたものだからだ。

その人物はアルデハイム家初代当主ディーン・アルデハイム。

普通の人間では書けない量の情報をディーンは古代魔法によって、それを可能にした。

自動で考えていることを記す古代魔法を考案して、あれだけの量の古代魔導書を書き上げた。規格外の天才とはディーンのことを言うのだろう。

ま、そんなことより《素材探索》のおかげで薬草の採取場所は分かった。

それに銀貨30枚で買い取ってくれる［万能草］と［マジカルハーブ］の採取場所も。

『ファフニール、薬草の採取場所が分かったよ』
『今の魔法でか……。うーむ、やりおる』
俺は走り出すと、ファフニールもそれについてきた。
しばらく森の中を走ると、一つ目の採取場所に到着。
周りに４本の薬草が生えていた。それを採取し、先にある傾斜の激しい斜面を下る。
「《空歩》」
斜面を下る最中、空中で停止した。
この斜面でたくましく生えている万能草を俺は採取する。
『ふむ、絶好調だな』
『この調子でどんどん採取していこう』
『ならば我は暇になるな……』
『あ、じゃあこういう地形の悪い場所の採取はファフニールに任せようかな』
『それは良いアイデアだな！　是非そうさせて貰うぞ！』
そして俺はファフニールと協力して昼頃まで素材を採取し続けた。

【採取したアイテム】

［薬草］　10本
［万能草］　5本
［マジカルハーブ］　5本

依頼に失敗すると罰金が発生するので達成報告をするために早くギルドへ戻った。

◇

冒険者ギルドに戻ってきた俺はF級クエスト達成の報告を受付で行う。

「薬草10本の納品を確認したのでクエスト達成ですね」

「おおー、ありがとうございます。それから先ほど聞いた希少価値の高い万能草とマジカルハーブを採取出来たので買い取って頂きたいのですが」

「えっ、本当に見つけたんですか？」

「はい。それも群生地帯をそれぞれ見つけたので、それぞれ5本あります」

「……なかなかの強運をお持ちなんですね。とりあえず、鑑定室で鑑定してもらってもよろしいですか？」

とのことなので、鑑定室へ。

「先ほど振りですね。どうされました？」

「素材を採取してきたので、鑑定してもらいたくてやってきました」

「冒険者登録してすぐに採取依頼を引き受けるとは、活動熱心ですね～」

「ええ。まぁ鑑定して頂くのはそのついでで見つけたものなんですけど」

俺はそう前置きして、万能草とマジカルハーブを取り出した。

「こ、これは……！」

カールさんの見る目が変わった。

「万能草とマジカルハーブじゃないですか……！」

「流石《さすが》ですね。その通りです」

「す、すごい……う、うん……状態も良い。まさしく採取したばかりの万能草とマジカルハーブですね……！　この短時間でこれだけの量を採取してくるとは……！　恐れ入りましたよ。翻訳の才能だけだと鑑定しましたが、本当は探索の才能もあるのかもしれませんね」

カールさんは申し訳なさそうに頭を下げた。

……すみません。探索の才能はないんですけど、《素材探索》っていう反則じみた古代魔法は使わせてもらいました。

「万能草5本、マジカルハーブ5本を買い取りで価格は金貨3枚ですね」

カールさんは引き出しから金貨を取り出した。

銀貨100枚で金貨1枚になるので、銀貨30枚が10回、つまり金貨3枚だ。

これで生きていくだけのお金には当分困らなそうだ。

「しかし、それにしても本当にすごいですね……良ければ、B級クエストを受けてみませんか？」

カールさんからB級クエストの提案をされてしまった。

ギルド職員からの推薦があれば受注出来るというやつかな？

とりあえず、B級クエストの内容を聞いてから決めることにしよう。

「どんな内容なんです？」

「場所は万能草とマジカルハーブが採取出来るルベループ東の森です。そこに万能草とマジカルハーブよりも希少で1年に1本見つかればいいとされている［妖精の花］を1本、納品するという依頼になります」

「1年に1本……とてもじゃないけど見つけられる気はしませんね」

もうそれだけの頻度だと、生えていないという可能性も大いにあり得る。

「はい。だけどこのクエストの報酬は非常に高いです」

「ちなみにおいくらなんですか？」

「白金貨5枚です」

白金貨は硬貨の中でも最高額のものだ。

白金貨は金貨が100枚分なので、かなりの報酬額になる。

「……魅力的な報酬額ですね。でもクエストの期限ってどれだけの期間が設けられているんでしょう」

「1ヶ月ですね」

「ふむふむ。一つ思ったことがあって、この採取依頼は妖精の花を入手してしまってから受注すれば確実だと思うのですが、それはどうなのでしょう？」

「クエストを受注していない状態で見つけるのはまず不可能だと思います。クエストを受注してから1ヶ月間はギルドから探索用の魔導具を借りることが出来ます。高価で有用なものなので、これ無しで偶然見つけるというのは厳しいんじゃないかと思います」

「……なるほど」

仮にクエストを引き受けるなら魔導具は別に借りなくてもなんとかなりそうだ。

探索系の古代魔法は《素材探索》以外にもいくつか使えるから。

「ここで鑑定士を務めて10年。これだけの短時間で万能草とマジカルハーブを集めてきたのはあなたが初めてです！　ギルド職員の私が推薦するので是非引き受けてもらえないでしょうか？」

「罰金はどれぐらいになるんですか？」

「銀貨10枚ですが、今回は推薦という形になるので罰金は私が負担することになります」

「え？　このクエストは多分失敗する可能性の方が高いですよね？　どうしてそこまでして推薦して頂けるのですか……？」

「……実は娘が原因不明の病に侵されているのです。治すには妖精の花を材料とする秘薬──エリクサーが必要なのです……」

エリクサーはどんな病をも治すと言われている秘薬のことだ。

その材料に妖精の花が含まれている。

「もしかして依頼者って……」

「はい、お察しの通り私が依頼させてもらっています。白金貨5枚は私が出せる全財産です。ノアさん……良ければあなたの力を貸してもらいたい……！」

「……分かりました。ですがその前に娘さんの症状を見せてもらってもいいですか？　一応、医学の知識は多少あるので、もしも魔法で治せるならば、その場で治療も出来ると思います」

書庫で沢山の種類の本を読んでいたため、病気に関する知識は少なからずある。

古代魔法には病気を治す効果があるものもあるので、もしかするとすぐに治せるかもしれない。

「ほ、本当ですか……？」

「はい。カールさんがF級冒険者の俺を信じてくれるなら、是非全力で娘さんの病気を治したいと思います」

「ありがとうございます……！　よろしくお願いします……！」

カールさんは眼鏡を外し、目頭をおさえ、震えた声で言った。

◇

日が暮れ、カールさんの仕事が終わった後に俺たちは合流してカールさんの娘さんに会いに行くことになった。

冒険者ギルド内の椅子に座りながらカールさんを待つ。

「ノアさん、すみません。長い間お待たせいたしました」

仕事が終わったカールさんは慌てた様子でこちらに小走りで来た。

「いえいえ、気にしないでください。それじゃあ行きましょうか」

「はい！　案内いたします」

カールさんについて行き、カールさん宅に到着した。

場所はセレナのときと同じように住宅区域の中だ。

ここもまた、周りの民家とそう代わり映えのしない建物だった。

「どうぞ、お入りください」

「お邪魔します」

奥の部屋に進んでいくと、寝たきりの娘を看病する女性の姿があった。

「――あら、そちらの方は？」

「こちらはノアさんだ。カーラの病気を治してもらうのを手伝って頂けることとなった。

ノアさん、こちらは妻のサラと娘のカーラです」

娘さんは奥の布団《ふとん》で眠っている。まだ幼い子供だった。

「ノアさん……ありがとうございます……。この度はよろしくお願いします……」

カールさんの妻のサラさんは立ち上がって、礼をした。

「よろしくお願いします。じゃあ早速、娘さんを見せてもらってもいいですか？」

「はい。お願いします……！　最近はずっと寝込んでばかりで、症状は悪くなっていく一方で……」

寝込んだままの娘さんの横に膝をついて、症状を確認する。

「う、うぅ……」

娘さんは寝たままうなされていた。汗も大量にかいている。

「寝込むようになる前は他に何か症状はありましたか？」

「……よく転ぶようになって、段々と身体《からだ》が動かせないようになっていきました」

その症状を聞いて、一つの病気が思い浮かんだ。

更なる証拠を摑《つか》むために俺は娘さんの身体に流れる魔力を調べることにした。

生き物の身体には、魔力経絡《まりょくけいらく》を伝って、多かれ少なかれ魔力が流れている。

それに異常があれば、今の娘さんのような症状として表れることがあるらしい。

「《魔力解析》」

《魔力解析》を詠唱すると、視界が暗くなり、娘さんの身体に青紫色に光る何かが見えた。

この青紫色の光は身体に流れる魔力を表している。

普通ならば、魔力の量に関係なく、全身を流れるように光るのだが、娘さんの場合はそうではない。

所々がたまに光り出すだけで、全身はほとんど暗い状態になっている。

つまり、魔力がうまく流れていないのだ。

「……これは魔力経絡硬化症候群《こうかしょうこうぐん》ですね」

俺は娘さんが侵されていると考えられる病名を口にした。

魔力経絡硬化症候群は原因不明の病だ。

症状は次第に悪化していき、いずれ死に至る——不治の病。

「王都のお医者さんでも匙《さじ》を投げたのにノアさんは分かるんですか……？」

「ええ。これは医学よりも魔法学の分野になると思いますので、魔法に詳しくないと病気の特定は難しいと思います」

「す、すごい……！　ノアさんに頼んで正解でした……！　それでそれは一体どういう病気なんですか……？」

「生き物の身体には魔力が流れる魔力経絡という筋道があるのですが、娘さんは今、これが正常に動いていません。全身に流れなければいけない魔力が瞬間的に様々な箇所に飛んでしまっているのです。それでこのような状態になっていると考えられます」

「ノ、ノアさんがこの場で治すことは可能なのでしょうか……？」

カールさんの問いに対して、俺は静かに首を横に振った。

「原因は明らかになっていませんが、当初の予定通りエリクサーを飲ませれば治せるはずですよ」

正直、これは賭けだ。

前例はないが、どんな病も治してしまうエリクサーなら治せる可能性がある。

「ほ、本当ですか⁉」

「ええ。治療するならやはり妖精の花を入手するしかないですね。他の材料は揃《そろ》えているのですか？」

「はい。そこに置いてある魔法袋の中に、聖水と人魚の涙と万能草を保管してあります」

聖水、人魚の涙、万能草、妖精の花。エリクサーの材料で間違いない。

「分かりました。じゃあ後は妖精の花だけですね」

「ノアさん……なんとか見つけてきて頂けないでしょうか？」

「やれるだけのことはやってみます」

娘さんの症状は危ないところまで進行してしまっている。

時間をかけすぎれば、手遅れになってしまうかもしれない。

「それでは明日、B級クエストを受けられるように推薦しておきます」

事態は一刻を争う。クエストを受注すれば、冒険者としての評価は上がるし、報酬も得られるかもしれない。

だが、推薦の検討にも時間はかかってしまう。その時間すらも惜しい状況なのだ。

娘さんを本気で治すことを考えるならば、クエストを受注している暇はない。

「時間が無いので、俺の方で探してきますよ」

「そ、それは無茶ですよ！　探索用の魔導具も借りることが出来ないので、探すのもままならないかと……。気持ちはありがたいのですが……」

「大丈夫です。もともと魔導具を利用することなんて考えていませんでしたから。カールさん、信じてください」

「……分かりました」

カールさんは俺の目を真っ直《まっす》ぐに見て、そう言った。

「では、今日はこれにて失礼します。見つかり次第、ご連絡します」

「ノアさん、よろしくお願いいたします……！」

カールさんとサラさんは二人揃って、お辞儀をした。

娘さんを本当に助けたいと思っている証拠だろう。

そうじゃなければ、あのB級クエストにあれだけの報酬は出さない。

「必ず見つけてきますから、安心してください」

俺はそう微笑《ほほえ》んで、カールさん宅を後にした。

外はもう暗くなっていた。

「さて、それじゃあ妖精の花を見つけようか」

『本当にノアは優しすぎるな』

『これぐらい普通だよ。あと、これから妖精の花を探しに《空間転移》を使うから俺の頭にでも乗ってて』

『ほんと規格外なヤツだな……。ほれ、乗ったぞ』

俺は路地裏に入り、《空間転移》を詠唱する。

一瞬で森に到着。早速、妖精の花を探していこう。

「《素材探索》」

前回と同じように《素材探索》を詠唱し、周囲の状況を調べる。

調べられる範囲は２㎞圏内に限られる。

それ以上は場所を移動しながら探していく必要があった。

この辺りには見つからないな。

『ファフニール、移動するよ――《疾駆》』

森の中に足を踏み入れ、木々の間を駆け抜けていく。

ファフニールも俺と同じスピードでちゃんと追いついてきている。

身体は小さくなっても実力は流石《さすが》だ。

移動の最中も《素材探索》は維持し続けているため、周囲の状況は常に変化していく。

だが、妖精の花は見つからない。

『どうしてさっきみたいに《空間転移》で移動しないのだ?』

ファフニールは移動中、疑問を口にした。

『単純に《空間転移》は魔力の消耗が激しいんだ。だから何度も使うと、すぐに魔力が枯《こ》渇《かつ》してしまう』

『なるほど、便利なものは便利なりに代償があるというわけだな』

『そういうことだね。使いすぎには注意しないと』

『まぁ何かあった場合は我もおる。ノアが使いものにならなくても守ってやることぐらいは造作もないぞ』

『頼りになるよ、ファフニール』

森の中を駆け巡っていると、野生の魔物の気配がなんとなく分かった。

だが、こちらを攻撃してくる様子はない。

『この辺りの魔物は小物ばかりだな。この程度のスピードについて来られないとは』

ファフニールはそんな感想を漏らした。

なるほど、確かに速すぎる獲物は狙うに狙えないだろう。

この辺りの魔物はF～E級の低級者向けの奴《やつ》らばかりだから、能力はそれほど高くないようだ。……まあ俺もF級冒険者だけど。

『ほう。我らを獲物として狙ってくるチャレンジャーも中にはいるようだな』

『どうして分かるんだ？』

『ほう？　ノアはこの殺気が感じ取れないのか？』

『え？　あ、うん』

ファフニールが言うには、どうやら俺たちに殺気を向けている魔物がいるようだ。

俺はそれを感じ取ることが出来ない。

『……本当に実戦経験が少ないようだな。それであそこまで見事に魔法を使いこなすとは……。まぁよい。ノアはそのまま妖精の花を探していろ。邪魔するヤツは我が始末してこう』

『分かったよ。ありがとう、ファフニール』

ファフニールは更にスピードを上げて、俺の先を高速で飛行していく。

「グオオオァァァァァァァァァァァッッッ！！！」

魔物の悲鳴が聞こえた。

ファフニールが魔物を仕留めたことが容易に想像出来た。まさに瞬殺。

味方になってくれると大変心強い存在だな……。

◇

しばらく森を駆け回り、妖精の花を探したが一向に見つかる気配はない。

この辺りを探索し終わると、森全体の状況を一度見たことになる。

「どこにもないな……」

妖精の花は見つからなかった。

本来なら森に生えているはずが、どこにも見当たらない。

これは最悪の事態だな……。

妖精の花がここにないのなら、他の場所を探さなければいけない。

『この森、何か変だな』

『変？』

ファフニールはコクリと頷《うなず》いた。

『我が封印される前には妖精が棲《す》み着いておったというのに、姿は見せずとも気配すら感じられんとは』

『妖精の花が見つからない原因もそれが関係しているのかな？』

『我には分からんが、妖精が一度棲み着いた森を離れるとは考えられん。それにこれだけ平和な森は妖精にとっても居心地が良いはずだ』

『始末されたか、もしくはどこかに連れて行かれたか……』

『それならば残っている妖精がいるはずであろう。一匹もいないという状況がおかしいのだ』

妖精の花は妖精が育てているという言い伝えがある。

それを信じるのであれば、妖精の花が生えていない原因は妖精がいないことじゃないか？

……ファフニールの発言を聞いて、俺は考えを変えた。

妖精が消えた謎を突き止めよう。森の中には不自然な場所が確かにあった。

急に大気中の魔素が途切れている場所だ。

魔素とは大気中に漂う魔力のこと。本来ならば僅かでも魔素が存在しているはず。

調べる価値は十分にありそうだ。

『ファフニール、気になるところがあったからそこを調べに行くよ』

『分かったぞ』

森の中にある湖に移動した。

この湖を境に魔素が途切れていた。
魔素が途切れる原因としては、認識阻害の役割を持った結界などが考えられる。
この湖に何か隠されているのかもしれない。
「《魔光波》」
《魔光波》は結界を特定するための魔法だ。
右手を前に出し指先から金色の光を発した。
本来なら湖を透過するはずの光は、湖の中央で止まり、巨大な球状に光が拡散した。
この拡散した光の範囲こそ、結界の領域である。
巨大な球状の光によって、暗闇に包まれていた辺りが照らし出された。
『よくここに目星をつけたものだ。一発目から当たりではないか』
『魔素がこの湖を境に途切れていたからね』
『殺気には気付かぬのに、魔素には敏感なのか。間違いなくノアの才能であろうな』
『俺には魔法の才能なんてないよ。とにかく、今はあの結界を調べよう』
俺は《空歩》を詠唱して、湖の上を歩き、結界のもとへ移動した。
他人が展開した結界を見るのは初めてだった。
手で触れてみると、ビリッと痺《しび》れるような衝撃が走った。

『迂闊《うかつ》には触れない方が良さそうだな……』

『この結界は何のためにあるのだろうな。中の様子は一切分からんが、侵入する方法はないのか？』

『外部からの侵入を拒むものが結界だからね。それに結界があることを悟らせないように隠蔽までしているから、一筋縄ではいかなそうだよ』

『ふん。これぐらいの結界なら我でも壊せるわ』

ファフニールはそう言って、青い火炎を吐き出した。

しかし、青い火炎は結界に弾《はじ》かれてしまった。

『……壊せないとはな』

しょんぼりとするファフニール。

あの青い火炎はかなりの威力だが、それでも壊すことが出来ないほどの結界。

間違いなく、何かが起こっている。結界内部には一体何があるのだろう。

……ん？　待てよ。

俺はしばらくこの結界を観察していると、あることに気付いた。

「――これは、古代魔術によって展開された結界だ」

古代魔術は古代文字《ルーン》を組み合わせることにより、発動する魔術だ。

『どうして分かるのだ？』

ファフニールは興味深そうに尋ねてきた。

『……説明は出来ないんだけど、間違いなく古代魔術によって展開された結界だよ』

この結界が古代魔術で展開されていることが何故《なぜ》分かったのか。

それを言語化することは難しかった。

なにせ今まで俺は言語というものを自然と、息をするように理解してきたのだ。

古代魔術、古代魔法の元が言語である以上、理解出来てしまうのは理の当然、としか言いようがない。

『ノアが言うのならそうであろう。古代魔術を使っているのなら、我の攻撃を弾かれたのも納得が出来るからな』

『うん。ここまで綿密で高強度な結界を古代魔術で展開するのは見事だね』

『そうか……。我には何も分からん。それでこれからどうするのだ？　結界を何とかせねば原因は摑《つか》めないままだぞ』

『大丈夫。ちゃんと解決策は既に考えついているよ』

『ほう。頼りになるな』

この結界が古代魔術によって展開されているのなら、どこかに古代文字《ルーン》が記されているはずだ。
古代文字《ルーン》を書き換えれば、結界の効果を消すことが出来るだろう。
記されている場所はどこか。見つけるために俺は《魔力分析》を詠唱した。
結界は大きな青紫色の光を帯びていた。とんでもない量の魔力が込められている。
そして、結界の魔力の流れを追うと、根源は湖の底にあることが分かった。
『一旦、湖の底まで潜ってくるよ』
『それなら我が潜ればよかろう』
『いや、これは俺じゃないと意味がないんだ』
『ふむ。それが解決策というやつか』
『その通り』
俺はニコッとファフニールに笑いかけた。
「《風の羽衣》」
《風の羽衣》は自身の周囲を風の結界で覆う古代魔法だ。
これなら水の中でも息が出来る。
加えて《空歩》も水中で使用することが出来る。
湖に潜水していく。水の中は、結界の光によってある程度視界は良好だった。

しかし、それなりに深い湖だ。底の方は暗い。

視界の端で急速にこちらに向かって泳いでくる物体を捉えた。

そちらに身体《からだ》を向けると、大きな蛇の魔物が身をうねらせて襲いかかってきた。

蛇の怪物は大きな口を開けて、俺に咬《か》みつこうとする。

口の中に魔法を放てば倒せるはずだが、詠唱する隙は無さそうだと判断し、一度攻撃を回避する。

無詠唱で魔法を使っても良かったが、既に古代魔法を二つ並行して使っている状態で、三つ目の古代魔法を無詠唱で使用するのは身体に負荷がかかりすぎる。

一旦、形勢を立て直す。襲ってきた蛇の魔物を観察する。

コイツはシーサーペントだろう。通称『大海蛇』と呼ばれているA級の魔物だ。

生息地は主に海洋で、淡水湖には生息出来ないはずだが……。

『クックック、馬鹿な人間め……！　闇の精霊様が支配するこの湖に不用意にやって来るとはな……！』

この声はシーサーペントのものだろう。

ファフニールと同じように会話をすることが出来るようだ。

ファフニール以外の魔物の声を聞いたのは初めてだ。

一定以上の知能がある魔物とは会話を交わすことが出来るのかもしれない。
『闇の精霊ってなんですか？』
『……な、なに⁉　今お前……俺様に話しかけてきているのか？』
シーサーペントの動きが止まった。
俺も同じように動きを止め、向かい合わせになった状況で対話をする。
『はい。何故か俺は魔物と話すことが出来るんですよ』
『ハッ、どの道お前はここで俺に喰《く》われて死ぬんだよ！　残念だったな！』
『……そうですか』
『イッタダキマァ――――スッ！』
シーサーペントは大きな口を開けて、高速で襲いかかってきた。
『そういうことなら容赦しない――《魔力衝撃》』
水中で使える魔法は限られてくる。
だが、魔力で衝撃を与える《魔力衝撃》ならば水中でも難なく使用することが出来る。
なにせ魔力は大気中、水中、どちらでも同程度の伝達力があるのだ。
ボンッ、と波が起き、シーサーペントは水中にもかかわらずぶっ飛んでいった。
そして壁にぶつかり、シーサーペントは水面に浮かび上がった。

……どうやら魔力を込め過ぎたようだ。もう少し手加減してやるべきだったな。
シーサーペントはぷか～、と水面に浮かんだ。
俺は水上に出て、ファフニールと合流する。
『派手にやりおったな』
『ファフニールと同じぐらいの威力にしたらこうなっちゃったんだ』
『バカ者、我とシーサーペントごときを一緒にするでない』
『でもファフニールは命乞いとかしてたような……』
『な、何を言っておるのだ？　あ、あれは……へ、平和的解決を試みたのだっ！』
どんっ、とファフニールは胸を張った。
巨竜のときならまだしも、今の小さい体では威厳を感じられなかった。
『とりあえず、このシーサーペントを回復してあげよう』
『どうしてだ？　放っておけばよかろう』
『気になることを言っていたんだ。この湖を支配する闇の精霊がどうとかって』
『闇の精霊……。確かにそれは気になるな。我も聞いたことがない』
闇の精霊様、と言っていたからシーサーペントはその精霊の部下になるのだろうか。
もしかすると、この結界についても知っているかもしれない。

「《治癒》」
白い光がシーサーペントを包み込んだ。
しばらくして、シーサーペントは意識を取り戻した。
『……む。俺様は一体何をしていたのだ。……確か人間と戦っていたような』
『やぁ、お目覚めかい？』
俺はシーサーペントに話しかけた。
『き、貴様は先ほどの人間！　今度こそ喰らってやるぞ』
『やめておけ。お前、実力の差も分からないのか？』
『なんだ貴様、小さいくせに偉そうにしやがって。俺様にたてつく気か？』
ファフニールはその言葉を聞いて、ムカッとした表情を浮かべた。
『好き勝手言いおって！　貴様、どうなっても知らんぞ！』
『なっ！　オイ！　止《や》め……ぐあああああああっ!!!!』
怒ったファフニールがシーサーペントをボコボコにしてしまった。
シーサーペントは再び気を失い、水面にぷかぷかと浮かんでいる。
『……すまんな、ノア』
『今度は穏便に済まそうね……』

『う、うむ』

俺は再び《治癒》を唱えた。

『……ハッ！　俺様は一体なにを……！　って、ギャアアアアアアアア⁉』

シーサーペントは俺たちを見ると、悲鳴をあげた。

ガクガクと震えた様子で、目から涙を流していた。

魔物って泣くのか……。

『質問があるんだけど、答えてくれるかな？』

シーサーペントは涙を流しながらコクコクと頷《うなず》いた。

怯《おび》えているところ申し訳ないけど、こうでもしないと中々真相に辿《たど》り着けない。

『まず、闇の精霊ってなにか教えてくれる？』

精霊は「火」「水」「風」「地」――四つの元素を司《つかさど》る四大精霊が存在する。

これ以外の精霊は書物を読んでいても見たことがない。

だからこそ、シーサーペントの言う闇の精霊はとても引っかかった。

『闇の精霊様は俺様をここに連れてきたヤツだぜ……。それ以上は分からん。ただ、とんでもなく強い奴《やつ》だったたな……。逆らえば殺されると本能で察した俺様は、大人しくここでこの結界を守っているのさ』

闇の精霊がこの湖にシーサーペントを連れてきたのか。ならば、シーサーペントが淡水でも順応できるようにしたのは闇の精霊だと考えるべきか。

『この結界の中には何があるの？』

『分からん。何も聞かされてないぜ』

『本当だろうな？』

ファフニールがシーサーペントを睨《にら》み付けた。

『ほ、本当だ！　信じてくれよ！』

『分かったよ。信じてるから安心して』

『……お、おう。これ以上は俺様が戦っても敵《かな》いそうにないから、そこらで見守っていることにするぜ』

『そうしてくれると助かるよ』

『へへ、悪かっ——あ、あが、あがが』

シーサーペントの様子が一変した。瞳が白目を剝《む》き、口から涎《よだれ》を流している。

『ガアアアアアアアアァァァァァァァッ‼‼』

突然、俺に噛みつく動作をした。

詠唱は間に合わない。回避も厳しい。

ならば、無詠唱で対応するしかない。

使う魔法は《魔力衝撃》でいいだろう。

気絶させるぐらいなら簡単にできるはずだ。

——そう思ったが、俺よりも素早くファフニールがシーサーペントを倒してしまった。

シーサーペントの血で湖は紅《あか》く染まった。

シーサーペントが急変したのは何故《なぜ》だ？

古代魔法なのか？

だが、俺はこんな古代魔法を知らない。

何か俺の知らない闇の精霊の能力だったりするのだろうか。

何にせよ、危険な存在であることは確かだな。

『ノア、シーサーペントを倒すという選択をなぜすぐに取らなかった？』

『え？　だって、さっきまで楽しく話していたし……』

『相手は魔物であり、我と違ってノアの従魔になった訳でもないのだ。弱肉強食の自然界では、その油断が命取りになる。それだけは心に留《とど》めておいた方が良い』

『……うん、分かったよ』

ファフニールは俺のことを心配してくれている。

だけど、それでも俺はなるべく会話が出来る魔物は殺したくないと思ってしまう。
……俺は甘い考えを持っていることを自覚した。だけど、その考えは捨てたくはない。
ファフニールには悪いけど、危険だったとしてもこの意地は通していきたいと思った。
深呼吸をして、気持ちを切り替え、俺は結界を解除するため湖の底に潜っていく。
湖の底には石板が沈められていた。
石板には古代文字《ルーン》で結界の古代魔術が記されていた。
「《刻印》」
《刻印》は古代文字《ルーン》を記すための古代魔法だ。
結界の術式は条件面では見事なものだったが、術式としては少しお粗末だ。
いくつか欠陥があり、そこをいじってやれば機能しなくなるはずだ。
俺が古代文字《ルーン》を記すと、水中が一気に暗くなった。
結界が解除された証拠だ。
水上に行くと、黒い楕円《だえん》形の空間が結界の内部から現れていた。
それは周りの空間を呑《の》み込むように存在している。
「これは……《次元の狭間《はざま》》だ」
《次元の狭間》とは《空間転移》と似た性質を持った魔法だ。

簡単に差別化させるのなら《次元の狭間》は設置式の《空間転移》である。
《次元の狭間》に入ると、指定の座標に空間移動することが出来る。
……古代魔術に続き、古代魔法か。
闇の精霊は古代魔法にかなり精通しているらしい。
『それでこの《次元の狭間》とやらに飛び込むのか？』
『うん。それしかやれることがないから』
『ふむ。では行くとしよう』
そう言って、ファフニールは先に《次元の狭間》に飛び込んで行った。
俺もそれに続いて、飛び込む。
《次元の狭間》の先は、のどかな雰囲気のある草木に包まれた場所だった。
視界の先には一本の巨木があった。巨木の枝葉がこの辺り一面の空を覆っていた。
木漏れ日が地面を照らしている。
……木漏れ日？
さっきいた場所は夜だったが、この場所は日中になるのか？
大幅に時間帯が変わるほどの長距離を空間移動しているのだろうか。
『ノア、見てみろ。ここは思ったより狭いようだぞ』

ファフニールの声が背後からした。

振り向くと、後方は針葉樹が隙間なく植えられていた。

自然のものでも人為的に植えられたものでもないと直感した。

『――これは結界が展開されているみたいだね』

『空間自体、どこか魔力を帯びているように感じるな』

『その通りだと思う。言うなればここは箱庭だ。《次元の狭間》で空間移動した先は、別次元に作られた空間そのものだよ』

この日差しも実在するものではなく、誰かによって作られた魔法だろう。

『とりあえず前に進んでみようか。情報を得るためにこの空間内の探索をする必要性があるようだから』

まずは、あの巨木の根元に向かって進むことにした。

前方に進んでいくと、森があった。

地理的環境を考えると、この森を抜ければ巨木に到着する。

ただ、まずはこの森について調べていこう。

「《生体反応分析》」

これは《素材探索》と似ていて、魔力の波動を流して周囲の状況を分析する古代魔法だ。

目を閉じると、周囲の地形図が映し出される。
古代魔法は論理的に術式を構成する魔法なので、似たような性質の魔法が結構多い。
周囲の地形図には生体反応が表示される。
《素材探索》は価値のある素材を、《生体反応分析》は生体反応を表示するのだ。
地形図の1カ所にいくつもの生体反応が表示されていた。
そして巨木の近くに1体の生体反応がある。それ以外は何もない。不思議な分布だ。
これを見る限り、通常の森のように魔物は存在していないのだろう。
このいくつもある生体反応が全て魔物なら話は別だが……どうだろうな。
『ファフニール、目的地を変更するよ。付いて来てくれる？』
『分かったぞ』
森の中を駆ける。風の音、動物の鳴き声、それらが何もない。
地面を蹴る音しか聞こえないこの森は不気味に思えた。
目的地に到着すると、小さな木の家があった。
人形が暮らしているかのようなサイズ感で、あまりにも場違いだ。
『だ、誰……ですか……？』
声が聞こえた。高い声で今まで聞いてきた言語のどれにも当てはまらない。

それでもなにを言っているのか、分かった。

視界をズラして、声の主を見る。背中に羽根を生やした小人の女の子がいた。羽根を動かして、パタパタと宙に浮かんでいる。その姿は書物で見た妖精の容姿に一致していた。手には小さな木の実を持っていたが、その身体《からだ》にはとてもマッチしていて、重そうに抱えていた。

『うーん、人間って言えばいいのかな？』

『……えっ、えっ？　ど、どうして私たちの言葉が分かるんですか⁉　人間とは言語が違うのに……』

『うん、なんかそういう才能があるみたいでね。逆に言えば、それしか才能がないんだけど』

『そ、そうなんですね。そ、それでどうしてこんなところに……？　もしかして、何かまた酷《ひど》いことをしにきたのでしょうか……？』

『酷いこと？』

『と、とぼけないでください……！　私たちの仲間を連れていって、一体何をしているんですか……？　お願いですから、もう止《や》めてください……！』

妖精は瞳から涙を流した。

『……信じられないかもしれないけど、俺は君たちを助けに来たんだ。酷く怯《おび》えているようだけど、それは闇の精霊が関係しているのかな？』

『し、知っているんですか？』

『詳しくは知らないけど、名前だけは少しね』

『そうなんですね……』

警戒は少し緩んだようだけど、まだ信じきれていない様子だな……。

木の実を運んでいるのが凄《すご》く重そうだから足下に手のひらを置いてみる。

『ひっ……！』

『あ、ごめん。驚かせちゃったかな？　重そうだったから運ぶのを手伝ってあげようと思って』

『……あ、ありがとうございます』

妖精はしばらく俺をじーっと見つめた後に、手のひらの上に乗った。

『どこまで運べば良いのかな？』

『そ、そこの家まで……』

『分かったよ』

俺はゆっくりと移動して手のひらを家の扉の前まで持って行った。

妖精は手から降りて、家の前に木の実を一度置き、小さな扉に触れた。

しかし、そこで妖精は立ち止まり、俺の方を振り向いた。

『……あの、本当に私達を助けてくれるんですか？』

『もちろん』

『――森の先に見える巨木の根元に、此処《ここ》を守るゴーレムがいるんです。巨木の根元にある場所に行けば、ここから抜け出せるんですけど、そのゴーレムが阻止してきて、ここから抜け出せないんです。お願いします……あのゴーレムを……倒してください……』

妖精は地面に崩れて、泣きながら懇願した。

その涙は、妖精達の悲惨な状況を物語っているように感じられた。

……闇の精霊は一体何が目的なんだ？

『分かったよ、そのゴーレム必ず倒してくるから。待ってて』

俺は妖精の頭を優しく人差し指でなでてあげた。

そして、妖精からの情報を聞いて、この空間がどの古代魔法によって作製されたのか完全に把握出来た。

此処は――《傀儡《くぐつ》の箱庭》だ。

《傀儡の箱庭》は入った者を閉じ込めておくための空間魔法である。

この空間の出口は1カ所しかない。此処では巨木の根元にあるようだ。

《傀儡の箱庭》と名付けられているのは、空間内の者を外部に出さないように術式が組み込まれた守護者――ガーディアンゴーレムの存在が関係している。

ガーディアンゴーレムは命令された条件を遂行し、敵と見做《みな》した者は全て撃退する。

妖精と別れ、森を駆け抜けると、平原が広がっていた。

平原の先で巨木が堂々と佇《たたず》んでいる。その根元を灰色の鉱石を積み上げた人型の巨人が不規則に徘徊《はいかい》していた。あれがガーディアンゴーレムか。

「ゴーレムを構成する鉱石はミスリルか。厄介だな」

ミスリルは魔法との親和性が極端に低い鉱石だ。

魔法攻撃に耐性があり、魔法使いは苦戦を強いられることになる。

……やりづらい相手を用意しているもんだな。

それに妖精を閉じ込めておくことだけを考えると、オーバーパワーに思える。

妖精を閉じ込めておくことがそれだけ重要なのか……？

『ファフニール、これ以上近付くとあのゴーレムの敵対反応検知範囲に入ってしまう。その時点で戦闘が始まると思う』

『ほう。それがどうしたのだ？　すぐに捻《ひね》りつぶしてやればよかろう』

『それがね、あいつ結構強いと思うんだ』

『油断できない相手というわけか』

『うん。でも倒し方はもう分かっている。ゴーレムを一旦動作停止させ、胸部に記された古代文字《ルーン》を消すんだ』

ゴーレムについての知識は古代魔導書である程度理解済みだ。

だから、倒し方も既に分かっている。

ガーディアンゴーレムは自己修復機能が搭載されており、本当の意味で倒すには古代文字《ルーン》のある文字を消してやることが重要だ。

『では、我があのゴーレムを動作不能にしてきてやろう』

『魔法耐性があるから、俺とは少し相性が悪いね。お願いできるかな？』

『任せておけ。では行くぞ！』

ファフニールはゴーレムに向かって高速で飛行し始めた。

すると、甲高い機械音が発せられ、ゴーレムの頭部が赤く光った。

敵対反応を検知した証拠だ。

ゴーレムはファフニールに向かって力強く駆け出した。

通り道の地面は抉《えぐ》られ、大きな足跡が出来ていた。

そして、両者が衝突した。

『ふぐぅっ！』

ファフニールが力負けして一瞬怯《ひる》んだ。

その隙をゴーレムは見逃さない。

右腕を上げて、振り下ろした。

ズドーン、と轟音《ごうおん》が響いた。

『ファフニールッ！』

地面には大きなクレーターが出来ていた。

あの一撃をくらってはファフニールもタダでは済まない。

くっ、俺の判断ミスだったか――。

そう思った瞬間、視界が眩《まばゆ》い光に包まれた。

『石ころが我に勝てると思うなよッ！』

小さかったファフニールは元の姿に戻り、ゴーレムの振り下ろしていた腕を押し返した。

『本当の力というものを見せてくれるわッ！』

ファフニールは右前足を勢いよく、ゴーレム目掛けて振り下ろした。

ゴーレムの時よりも大きな轟音が響く。

それに伴って、地面に出来たクレーターもゴーレムのものに比べると倍以上大きかった。

『ノアよ、これで問題はないか？』

『ああ、十分だ』

俺はクレーターの中心に倒れているゴーレムの胸部に載った。

しゃがんで、ゴーレムの胸部に刻まれた古代文字《ルーン》を改変する作業に入る。

ゴーレムの胸部に刻まれた古代文字《ルーン》は『真理』という意味を持つ文字だ。

この古代文字《ルーン》を刻まれたゴーレムは生命を宿し、動くようになる。

だが、一番左端の古代文字《ルーン》を消せば『真理』ではなく——『死』という意味になる。

この作業により、完全にゴーレムは機能を停止することになる。

「《消印》」

古代文字《ルーン》を消すには《消印》の古代魔法を使う。

一番左端の古代文字をなぞり、消し去る。

この作業には魔力操作が求められるので、かなり集中力を使う。

「……ふぅ、これでもう大丈夫だな」

額からにじみ出ていた脂汗を拭って、腰を下ろして、ゴーレムの胸部に座った。

『ファフニール、怪我《けが》はない？』

『なんともないぞ』

『あ、また小さい姿に戻ったんだね』

『こっちの方が楽でいいからな』

『ん、頭の部分ちょっと怪我してるね』

俺はファフニールの頭に右手をかざした。

「──《治癒》」

暖かな白い光に包まれ、ファフニールの怪我はすぐに完治した。

『……ふむ……助かる』

『いえいえ、どういたしまして。それにしてもファフニール、めちゃくちゃ強いね。ガーディアンゴーレムを瞬殺してしまうとは驚いたよ。本当になんで俺に命乞いなんかしたの？』

『何を言っておるか。ノアは我よりも圧倒的に強いだろう』

『えー？　そんなことないよ。ガーディアンゴーレム相手は俺が戦うと多分キツかったと思うよ？』

『……なるほど、戦闘経験が少なすぎて自身の実力を完全に把握しておらんのだな。分かった。当分、我は戦わん。ノアが自分の実力を自覚するまではな』

『か、買《か》い被《かぶ》りすぎな気がするけどそれ……』

『さあ、どうであろうな』

ファフニールは挑発的な笑みを浮かべた。

俺は頬を指で軽くかきながら、ガーディアンゴーレムが守っていた巨木の根元に視線をズラした。

そこには《次元の狭間《はざま》》があった。

あそこに入れば、この空間を抜け出せるだろう。

とりあえず、ガーディアンゴーレムを【アイテムボックス】にしまう。

構成されているミスリルはかなり有用なものだ。

これを売ればお金にもなるし、加工して武器や防具や魔導具も作れる。

後は妖精を解放してあげるだけだ。

俺は来た道を引き返し、妖精が棲《す》む家に戻ってきた。

人差し指の第二関節で小さな家の扉を優しくコンコン、とノックする。

『ゴーレムを倒してきたよ』

そう言うと、先ほどの妖精が恐る恐る姿を現した。

『本当ですか……？』
『うん。もうここから出られるよ』
信じてもらうために《アイテムボックス》から動作停止したゴーレムを取り出した。
それを見た妖精は目を丸くした。
そして、しばらくゴーレムを見つめた後に妖精は俺を見た。
妖精の表情がぱぁっと明るくなった。
『ありがとうございますっ！』
勢いよくお辞儀をして、小さな家の中に戻って行った。
そして他の妖精を引き連れて、総勢5人の妖精が現れた。
『『『『私達を助けていただき、ありがとうございます！』』』』
妖精全員が一斉に頭を下げて、お礼を述べていた。
『気にしないで。俺も助けたくて助けた訳だからさ』
『神様……！　ありがとう！』
そう言って、妖精達は俺を神様と呼び、何度も感謝の言葉が飛んできた。
『ははは、大袈裟《おおげさ》だよ。俺はノアっていう名前があるんだからさ』
『『『『ノア様！　ノア様！』』』』

妖精達はとても喜んでくれていた。
その姿を見て、助けてあげることが出来て本当に良かったと思う。
『……なんて言っておるのか分からんが、ノアが感謝されておるのは分かるな』
妖精の言語が分からないファフニールはそんな感想を口にした。

◇

妖精達を連れて、巨木の根元にある《次元の狭間》に飛び込んだ。
移動先は暗い場所だが、壁に青い炎が灯《とも》されていた。
壁を触ると、魔鉱石だと分かった。
よく見ると、壁には古代文字《ルーン》が刻まれていた。
「へぇ、《炬火《きょか》》の古代魔術か……」
辺りを照らす青い炎は古代魔術によるものだった。
『こ、ここはどこ……？』
『怖い……』
『森に帰りたいよぉ……』
妖精達はこの場所に怯《おび》えていた。

森に帰るまでは安心できないな。

「……す、すごい。いきなり人と妖精と子竜が現れた」

背後から女性の声がした。

振り向くと、白衣を着た女性が腰を抜かしていた。

……なぜ、白衣？

「だ、大丈夫ですか？」

俺は手を差し伸べた。

「ええ、大丈夫！　そんなことより！　貴方《あなた》たちは一体何者なの？　これは本当にすごいことだわ！　まさか探索していた古代遺跡からいきなり現れるなんてもうビックリ！　ねえねえ、どこから来たの？　古代種の生き残りだったりするのかしら！」

女性は目を輝かせながら俺の手を両手で握っていた。

「お、落ち着いてください。俺はただの冒険者で此処《ここ》が一体どこなのかも分かっていませんから」

「えー！　冒険者！　でも、さっき古代文字をちゃんと読んでいたわよね!?　なんか呟《つぶや》いていたし！　すごいわ！　まさか古代文字が読めるなんて！」

一人で勝手に話を進める人だった。

「冒険者をやっているって言ってたわよね？　名前はなんて言うのかしら？　もしかして、かなり有名で高位の冒険者だったりする？　ちなみに私は魔導具技師にして考古学者のユンよ。これからよろしくね」

話がどんどん進んでいく。白衣の女性はユンという名前らしい。

一応俺も自己紹介をしておくか……。

「俺はF級冒険者のノアです。ここは一体どこなんですか？」

それと、この場所がどこかも聞いておきたい。

分かれば《空間転移》でルベループに戻ることが出来るから。

「F級冒険者⁉　意外だわ……！　でも、その方が謎めいていて素敵ね。それからここはラスデア王国王都リードルフの東にある古代文明の遺跡よ」

王都リードルフの東にある古代文明の遺跡か。

まさか、ここでも古代文字《ルーン》が使われているとはな。

もしかして、世界各地の解明されていない遺跡にも古代文字《ルーン》が使われていたりするのだろうか。

そう思うと、とてもワクワクしてくるが、今は妖精達を森に帰してあげることが先決だ。

早く安心させてあげたい。

ただ、ルベループの森まで《空間転移》をするとなると、かなりの魔力が必要になる。

……だが、やるしかない。

「分かりました。ありがとうございます。ユンさんとはまたどこかでお会いできるかもしれませんね」

そう言ってから俺は《空間転移》を使おうとした。

「え、ちょ、ちょっと待って！　ここに突然現れたように、また突然消えていくつもり⁉」

「あ、はい」

なんと察しが良いことか。

「お願いします！　どこで活動しているのか教えて下さい！　そして一緒に古代遺跡を探索しましょう！」

俺もこの古代遺跡には興味を持ったから、面白そうな提案だと思った。

「ぜひぜひ。今はルベループで活動しています。多分まだしばらくいるので、ユンさんが本当にそう思ってくれているなら、ルベループの冒険者ギルドを訪ねてください」

「分かった！　早速ルベループに向かうとするわ！」

「では、また会いましょう――《空間転移》」

ルベループの森まで一気に移動すると、頭がぐらっと揺れた。
視界が回って、俺はその場で倒れてしまった。
「あ、あれ……？」
鼻から血が流れている。起きようにも思うように身体《からだ》が動かない。
まずい……どうやら古代魔法を使い過ぎたせいで魔力が枯渇《こかつ》してしまったらしい。
今日でかなりの魔法を使って、最後に長距離の《空間転移》は流石《さすが》に無茶だったか。
身体が重く、めちゃくちゃ気持ちが悪い。
くそ、早く妖精の花をカールさんのもとに届けなきゃいけないのに……！
『『『『ノア様っ！』』』』
妖精がそう叫んで、俺の周りを飛び回った。
キラキラとした青色に輝く粉が舞い落ちてくる。
『今、ノア様を助けます……！』
『助けてもらった恩はここで返さないと……！』
『みんな！　ノア様を絶対に助けるんだ！』
妖精達は舞い続けている。
少しずつだけど、魔力が回復してきているような感覚。

この青色に輝く粉は魔力を回復する効果があるらしい。

ある程度まで魔力が回復すると、身体の重さと気持ち悪さは薄れていった。

身体を起こすと、

『よかった！　ノア様が起き上がった！』

『やった！　やった！』

妖精達は俺の周りで喜んでいた。

『今度は助けられちゃったね』

『はい……！　ノア様に助けられて、ここで死なせてしまっては本当に後悔してもし切れませんでしたから……！』

そう言って、妖精達は涙を拭った。

でもその表情には笑みが浮かんでいた。

◇

身体が回復した後、妖精達の住処《すみか》に案内された。

大木の上に小さな家を建てて、暮らしているようだった。

なるほど、こんな場所で暮らしているのか。

一段落ついて、妖精達にあそこに囚《とら》われていた経緯を聞くことにした。

『そういえば、どうしてあそこに囚われていたの？』

『私達は普段隠れて生活をしているのですが、それを闇の精霊は見破ってきて、森で暮らしている妖精はみんなあの場所に閉じ込められてしまいました』

『闇の精霊……一体何者なんだ？』

『闇に溶け込んでいて、姿が見えなかったので精霊なのかどうかも分かりません……』

『そっか、それは仕方ないね』

『お役に立てなくてごめんなさい……』

『ううん。そんなことないよ。とりあえず、この先また闇の精霊に襲われるかもしれないからその対策をしよう』

今後また闇の精霊が襲ってくるかもしれない。

《傀儡《くぐつ》の箱庭》のゴーレムはそれだけ強力なもので、妖精をあの空間に閉じ込めていたのは何か重大な意味があったようにしか思えない。

……ゴーレムはファフニールが一瞬で倒してしまったけど。

『は、はい！　ありがとうございます！』

『ノア様っ！　ありがとうっ！』

『ノア様万歳！』

それを聞いた他の妖精達も喜んだ。

これ以上、平和な生活を脅《おびや》かされてほしくはない。

妖精達が暮らす住居スペースに転移陣を描き、それに付随するように古代文字《ルーン》を記した。

これは《空間転移》を古代魔術にしたものだ。

転移先を俺のもとに設定し、任意のタイミングで転移陣の上のものを空間移動させる。

そのことを妖精達に説明すると、

『ありがとうございますっ！』

『これで安心だ～！』

『ノア様が助けてくれるなら怖いものなしだね！』

これでひとまずは安心できるだろう。

それから妖精の花について聞いてみた。

『妖精の花ならみんなで作れるよ～！』

『あれは僕達が生活してると勝手に出来るものなんだ！』

そうだったのか。妖精の花が見つかりにくいのは妖精達が普段は大木の上で生活しているからなのかもしれない。

『妖精の花が無いと死んでしまう女の子がいるんだ。その子を助けるためにも妖精の花を作ってくれないかな……？』

『『『もちろんです！』』』

そう言って、妖精達は森に向かって行った。

『あった！　この花だ！』

見つけたのは白い花弁が特徴的な花だ。これは白月花か。

白月花はお茶なんかによく使われる。

なんでも気持ちを落ち着ける効果があるのだとか。

妖精達は白月花の周りを飛び回った。花弁に青色に輝く粉が溜《た》まっていく。

すると、不思議なことに白月花の花弁は徐々に色が青に変わっていく。

そして、白月花の花弁が綺麗《きれい》な青色に染まると、妖精達は舞うのをやめた。

『『『できたよ！　妖精の花！』』』

『ありがとう。助かるよ』

青色に輝く妖精の花を【アイテムボックス】に入れる。

そして妖精と別れ、ルベループに戻った。

いつの間にか、夜明け前の空になっていた。

◇

それから俺はカールさんに妖精の花を届けた。

娘さんの容態は深刻で錬金術師を呼んで、エリクサーを調合している場合ではなかった。

幸い俺は古代魔法で調合ぐらいなら応用が出来る。

そのことを伝えると、カールさんは、

「ノアさん……よろしくお願いいたします……！　どうか娘を助けてください……！」

そう言って、俺を信用してくれた。妖精の花を見つけてきたとはいえ、F級冒険者の俺をここまで信用するのは難しいことだと思う。

それなのに、カールさんは疑うことなく俺を信用してくれた。

――その信用に応えなければ、失礼というものだ。

聖水、人魚の涙、万能草、妖精の花。

それを釜の中に入れて、古代魔法を詠唱する。

「《万物調合》」

釜の中の液体は自然にぐるぐると混ざり合わさっていく。

ぐつぐつ、と水面からいくつもの泡が出てきて、湯気が立ち上る。

すぐに水温は沸点に達し、泡は消え、水温も徐々に下がっていく。

釜に入れていた素材は全て混ざり合い、透き通るようなライトブルーの液体――エリクサーが完成した。

エリクサーをガラス瓶に入れ、カールさんに渡す。

「エリクサーが完成しました。早く娘さんに飲ませてあげてください」

「わ、分かりました……！」

カールさんは一度深呼吸をして、ガラス瓶を受け取った。

そして寝たきりの娘さんの身体を起こして、ゆっくりとエリクサーを飲ませてあげた。

「…………あれ？　お父さん……？」

瞳を開けた娘さんは不思議な表情でカールさんを見つめていた。

それを見たカールさんは娘さんを思いっきり抱きしめた。

「よかった……！　無事で本当によかった……！」

涙声でそう言い、カールさんの奥さんも一緒に涙を流しながら、二人に抱き着いた。

本当に娘さんが治って良かった。

そして、これだけ愛されている娘さんを俺は少しだけ羨ましく思った。

さて、家族水入らずの時間を邪魔するのも無粋だ。

俺はカールさん宅を静かに立ち去る。家の外に出て、視界がぼやけた。

「あれ……」

瞬《まばた》きをすると、涙が頬を伝った。

「この涙は……？」

無意識に涙を流していた。

……そうか、俺は家族の愛というものに触れて感動したんだ。

愛って、柔らかくて、温かいものなんだな……。

この気持ちは……なんというか……とても幸せを感じる。

「……助けることが出来て本当に良かったな」

俺はそう呟《つぶや》いて、宿屋に向かった。

◇

数日後、カールさんの娘さんが患《わずら》っていた魔力経絡硬化症候群は完治した。

魔力は全身にしっかりと流れていて、健康そのものだった。

もうすっかり元気になっていて、家族全員でお礼を言われた。

ありがたいことに料理をご馳走《ちそう》してもらったりもした。

カールさんが依頼していたクエストは俺が達成したことになった。
本来ならば無効のところを依頼者でギルド関係者のカールさんが話を通した。
そして、報酬金の白金貨5枚を頂いた。
俺は娘さんのために使って欲しいと断ったが、
「もう娘のために使いましたよ。さぁノアさん、受け取ってください」
そう言われては返す言葉が見つからなかった。
『くっくっく、ノアよ。これは一本取られたな』
ファフニールも愉快そうに笑っていたのを覚えている。

第三章『古代遺跡』

「……へぇー、そんなことがあったのね」

俺は冒険者ギルド内の席に座り、今までの出来事をセレナさんに話していた。

セレナさんと冒険者ギルドで出会い、今は一緒に昼食をとっている。

「娘さんとも凄《すご》く仲良くなったんですよ。子供って無邪気で可愛《かわい》いですよね」

「その気持ち凄く分かるわ。私も街一番の冒険者とか言われてるからさ、よく子供が話しかけてくるんだけど、その度に無邪気で可愛いとか思っちゃうもの」

そんな会話をしていたとき、バタン、と勢いよく冒険者ギルドの扉が開いた。

「F級冒険者のノアさんはいるかしらー？　依頼をしたいのだけど！」

その声の主は周りの冒険者の視線を気にせず、白衣を翻《ひるがえ》しながらギルドの中央を堂々と歩く。

あれは……俺が古代遺跡で出会った考古学者のユンだ。

一応ユンの言葉を訂正すると、俺はカールさんのクエストを達成した実績が認められ、

F級からE級に昇格している。

「なんか呼ばれてるわよ……？」

「そうみたいだね。――おーい、ユン！　こっちこっち！」

「あら、そんなところにいたのね！」

ユンは俺に気付くと、駆け足でこちらにやってきて、机の周りに置かれた椅子に座った。

「そちらの方は？　ノアのガールフレンド？」

「ガ、ガールフレンド⁉」

「こちらはA級冒険者のセレナさん。ただの友達だよ」

「貴女《あなた》その歳《とし》でA級冒険者なの⁉　凄いわね！　どう？　貴女も一緒に王都リードルフの東にある古代文明の遺跡を探索してみない？　A級冒険者が一緒なら心強いわ！」

「古代文明の遺跡……なるほど、それでノアに依頼したい訳ね」

「そうそう！　察しが良《い》いじゃない！」

「楽しそうだけど、私はルベループのA級冒険者だから此処《ここ》を離れる訳にはいかないの」

「あら、そう。残念ね」

「……そういう訳でノアとはこれでお別れね」

セレナは寂しげな表情で言った。

「またルベループに来る機会があったら顔を見せなさいよね」

「もちろんだよ」

俺はセレナさんと握手をして、この日、ルベループを旅立った。

◇

ルベループから王都リードルフは結構な距離がある。

そのため、王都リードルフ付近のクエストはルベループの冒険者ギルドの管轄外になっており、正式な依頼として受理してもらうには王都リードルフの冒険者ギルドで手続きをする必要があった。

ユンは魔導具技師と名乗るだけあって、自作の魔導具で移動をしていた。

魔導具の名は魔動二輪車。魔力が動力となっている。

魔力の含有量が豊富な魔石を一つ搭載しているため、それなりのコストはかかるが、パフォーマンスは優秀。馬車よりも速い移動が可能だ。

俺はユンの後ろに乗って、移動をすることになった。ルベループを旅立ってから1日目は野宿をして、2日目の昼に王都リードルフが見えてきた。

「あれが王都リードルフか……」

遠くからリードルフを見たときに特徴的だったのは何と言っても、天まで続くかの如《ごと》く、雲を突き抜けそうなほど高く大きい塔――その名も天空塔。

天空塔はもともと天空都市まで続く地上と天界を繫《つな》ぐ架け橋だったらしい。

真偽は定《さだ》かでないが、天空塔のおとぎ話は世界的に有名だ。

「凄いでしょ、アレ」

魔動二輪車を運転しながら、自慢げにユンは呟いた。

「はい……！　一度天空塔には登ってみたいと思っていたんです！」

俺は天空塔を見て、興奮した。

天空塔の謎を解き明かそうと躍起になっている研究者が多いのも頷《うなず》ける。

天空塔の頂上は途中で折れたような造りになっているのだ。

そして不思議なことに天空塔の折れた片方であろう上部は見つかっていない。

天空塔の頂上は既に改装工事が行われていて、今は辺りを見渡せるデカい塔なだけだ。

「ふっふっふ、天空塔には一般人は登れないけど、考古学者である私が同伴すればノアでも登れるわよ！」

「ほ、本当ですか⁉」

「ええ、本当よ！」

「お願いしても良いですか？」

「当たり前じゃない！　ノアは絶対、天空塔が好きだと思うわ！　それにあれも古代遺跡の一つだからね」

「それは楽しみですね」

「でも頂上まで登るのは結構キツいから、そこだけは覚悟していかなきゃね」

王都リードルフに到着すると、冒険者ギルドでクエスト依頼の手続きを済ませ、早速俺達は天空塔を登ることにした。

◇

王都の外れ。そこに天空塔は建っている。

この辺りの家屋は王都の中心部よりも古いものが多い。

老朽化していて、既に人が住んでいない家は放置されているようだった。

天空塔の入り口には軽鎧《けいがい》を身に纏《まと》った老騎士が一人椅子に座っていた。

老騎士はふわぁ～っ、と欠伸《あくび》をしていた。

ユンはその老騎士と挨拶をして、

「この人私の連れだから」

「ほいほい。分かったぞい」

とても慣れた様子だった。ユンはこの天空塔に何度も来たことがあるのだろう。

入り口の前で天空塔を見上げると、空まで伸びていて、まるで終わりがないように見えた。

天空塔に入ると、螺旋《らせん》状の階段があった。

壁を触ってみる。古代遺跡の壁と同じ石材を使っているように思えた。

この塔にも松明《たいまつ》が設置されていて、《炬火《きょか》》の古代文字《ルーン》が刻まれていた。

「気付いた？　その壁は古代遺跡にあったものと同じなのよ」

「そうみたいだね。強度もかなりのものだ」

「ええ。ほんと、とんでもない代物なのよね！　石材の加工技術が現代の比じゃないぐらいに優れているわ！　まさに――失われた技術《ロストテクノロジー》ね。歴史と共に技術は発展するものだけど、古代文明は現代よりも圧倒的に優れていたのよ！」

「なるほど、この壁に使われた石材もまた――失われた技術《ロストテクノロジー》の一つなんだな」

これは実家の書庫では知り得なかった情報だ。

とても興味深く、面白い。

「よーし、それじゃあ早速上っていきましょう！」

「ちょっと待って」

俺は階段を上っていこうとするユンを引き留めた。

「ん？　どうしたの？」

「これぐらいなら魔法を使えば一瞬で上れるよ」

「え？」

「古代文字《ルーン》を読めれば古代魔法が使えるんだ」

「えっ、そうなの⁉　ってことは、もしかして前に使っていた突然消える魔法⁉」

前とは、ユンと初めて会ったときのことだろう。

「そうそう。じゃあこっちに近付いてきてもらえる？」

「うん！」

ユンが俺に近付いてきたところで、詠唱する。

「《空間転移》」

一瞬で天空塔の最上階に移動したことでユンは凄く驚いていた。

「凄い……！　まさか天空塔の頂上にこれだけすぐに登れるなんて思わなかったわ！」

「半信半疑だったの？」

「そうじゃないけど、ここまで凄いことだなんて思ってなかったわ！」

「でも、俺が古代文字を読んでいたところは見たんでしょ？」

「それで古代魔法が使えるなんて思わないじゃない！」

「……あ、そっか」

古代魔法は古代文字《ルーン》で構成されていることを普通の人は知らないのだ。

自分の当たり前は、他の人にとってはそうじゃないことを認識した。

「ほらほら、そんなことより、もう1歩前に出てここからの景色を堪能《たんのう》してみてよ！」

「もう1歩？」

俺はそう聞き返しながら、ユンの言う通り、1歩前に出た。

「……なるほど、これは凄い」

俺は天空塔からの景色を一望して、思わず息をのんだ。

1歩前に出ると、景色が更に広がったのだ。

空中に浮かぶ島。大きな赤紫色に光る水晶の山。各地に建てられた城の数々。

その中でも存在感を放つのは、独特なデザインを誇るオブジェクト。

今まで自分がいかに狭い世界で暮らしていたのか、痛感する瞬間だった。

「凄い景色よね。世界はとても広いんだってワクワクするわ！」

「ああ……本当に」

「でしょでしょ！　考古学者として一応解説しておくとね、あの四角錐《しかくすい》状の巨大建造物や、立方体状の巨大建造物なんかは全部、古代遺跡なのよ！」

「へぇ～、あの巨人の腕みたいな建造物も？」

「そう！　古代遺跡なの！　凄《すご》いでしょ⁉　今の技術でもかなり難しいことを古代の人々は実現しているのよ！」

「ははっ、浪漫《ロマン》だね。……いつか行ってみたいな」

「ノアなら行けるわよ！　だって古代魔法が使えて、古代文字も読めるんでしょ⁉　この世界の謎を解き明かすためだけに生まれてきたような存在じゃない！」

「それは言い過ぎじゃない……？」

「ぜんっぜんっ！　そんなことないわ！　貴方しかいないわよ！　そんな芸当が出来る人なんて！」

「あはは……ありがとうございます」

「ノアと共に古代遺跡に行けることを考古学者として誇りに思うわ！　是非、謎を解き明かしましょう！」

「もちろん俺に出来ることはなんでも協力させてもらうよ」

「ふふ、ノアがいれば百人力よ！」

それからしばらく天空塔からの景色を眺めた。

探索予定の古代遺跡を天空塔から見下ろすと、宮殿のような豪華な建物だった。

場所によって、古代遺跡の形状は大きく異なっているのがとても面白い。

再び《空間転移》を使い、天空塔から出ると、見張りの老騎士が意外そうにしていた。

「ありゃ、天空塔を登るのは途中で止《や》めちゃったのかい？」

「もう用は済んだので！」

「ぬぅ？」

老騎士は頭を傾《かし》げていた。

天空塔を後にして俺はユンの屋敷に泊めてもらうことになった。

かなりの豪邸で、客室がいくつもあるから好きに使っていいとのこと。

『おお！　このベッド、ふかふかではないか！　宿屋のものとは段違いだな！』

客室のベッドでファフニールは飛び跳ねて遊んでいた。

ファフニールの言うとおり、ベッドの品質はとても良くて、ぐっすりと眠れた。

◇

翌日、古代遺跡にやってきた。実物を目の当《ま》たりにすると、かなりの大きさだった。

宮殿の形状をしていて、石材には苔《こけ》が生えており、時の流れを感じさせる。

『ほう。ここか』

ファフニールは懐《なつ》かしそうに呟《つぶや》いた。

『見覚えがあるの？』

『うむ。昔、我が暇つぶしに壊そうとしてビクともしなかった覚えがある』

『……何してるの？』

『う、うるさいわい！　なんとなく壊してみたくなったのだ！』

『壊れなくて本当に良かった……』

しかし、ファフニールが壊そうと思ってもビクともしないとは、かなりの強度だ。

古代の人々の知恵と技術の凄《すさ》まじさが分かる。

「入り口はこっちね」

長い階段を上った先には、建物の入り口があった。

苔石の扉。既に壊れていて、扉の役割をなしていない。

「中は暗いから松明が必要ね」

「以前出会った場所は壁に青い炎が灯《とも》されていたけど、ここには無いんだね」

「ええ。場所によって、明るい場所と暗い場所があるのよ。不思議よね」

ユンはバックパックから長い竿《さお》を取り出した。

先端に布を巻き付け、松脂《まつやに》に浸す。

「光源となるような魔導具ってないの？」

「ふふっ、痛いところを突かれてしまったわね。それは前回の探索で故障してしまったわ！」

「な、なるほど……」

ユンが松明に火をつけている間、古代遺跡内の壁を調べてみた。

以前の場所のように《炬火》の古代文字《ルーン》が記されているのではないかと思ったのだ。

「お、これかな？」

俺は壁に《炬火》の古代魔術らしき跡を発見した。

文字が途中で消えていて、力を発揮出来ていないようだった。

「《刻印》」

俺は正しく文字を書き直して、《炬火》の古代魔術を完成させた。

すると、ぼわっと壁に青い炎が灯された。

「──えっ？　えええええっ⁉　何が起こったの⁉」

ユンは丁度、松明に火をつけたところだった。

……申し訳ないことをしたな。

「古代魔術がしっかりと機能してなかったから修正してみたんだよね。そしたらこうなっちゃった」

「お手柄じゃない！　流石《さすが》ノアね！　ノアにこの依頼をして正解だったわ！」

「松明に火をつける前に一言言えばよかったね」

「何を言ってるのよ！　謝る必要なんて何もないじゃない！」

「ユンは優しいな……。ありがとうございます」

「何言ってるのよ！　感謝するのは私の方だけど、まあいいわ！　早く進みましょ！」

そして俺達は古代遺跡の奥へと進んでいく。

「遺跡の内部に魔物とかは出現したり？」

「特に見たことないわね。いるのかしら？」

「なるほど、では比較的安全な場所ってことですね」

「でも以前のように新しい道を発見したり、なんてこともあるから一概には言えないけどね」

そう言ってるそばから、道は行き止まりに。

壁を見てみると、古代文字《ルーン》で『壁に道が隠されている』と記されていた。

「ここはね、この壁にある……えーっと、確かこれだったかな。このタイルを押すと

「──」

ガガガガッ……！

石の壁が横にスライドして、奥への道が開かれた。

これぐらいは古代文字《ルーン》が読めるなら誰だって見つけられそうだな。

「ね？　こういう仕掛けがこの遺跡には沢山あるのよ」

「この仕掛け、壁にヒントが記されているんだけど、それ無しによく見つけたね……」

「え？　そうなの？　確かにあの壁には古代文字が何か記されているわね。……ふっふっふ！　じゃあつまり、ノアがいればこの遺跡の最深部にも辿《たど》り着《つ》けるということね！　頼りにしてるわ！　ノア！」

「ああ、頑張るよ」

上機嫌になったユンと共にまた奥へと進んでいく。

◇

遺跡は下層へ進んでいくようになっていた。

道中には様々な罠《わな》や仕掛けが沢山ある。

先程の生活空間を境に一気に危険度が増したように思える。

「ひいいいぃいぃいっ⁉　矢ァアッ⁉」

『この矢はヤバいのだ！　ノア、助けてくれ！』

足を踏み入れただけで付呪魔法《エンチャント》がかかった強力な矢が放たれたり、

「《魔力障壁》」

「ギャアアァアッ！　岩アアアァアァアッ！」

『ノア！　この岩も魔力が込められておる！　我はこの遺跡内だと大きくなれん！　なんとかしてくれ！』

「《魔力衝撃》」

突然、道に傾斜が出来て、その上から大きな岩石が転がってきたり、

「や、槍《やり》ぃ……」

『うむ。そうやってノアから先に行かせるのが安全だな』

何度も罠に引っかかっていたら流石に少しは学習する。

危なそうな場所は先に俺が行くことになった。

罠の数は尋常じゃないぐらいに多い。力業で突破出来そうなもの、古代文字《ルーン》を読めなければ先に進めないもの、色々あった。

「それにしても何故《なぜ》これだけの罠が張り巡らされているんだ……？」

「単純に何かを守ってるんじゃない？　これだけの罠、そうじゃないと仕掛ける訳ないだろうし」

「もしかして古代文明の秘宝とか？」

「ふっふっふ、可能性はなくもないわね！」

「おお、それは楽しみだ！」

「ええ！　頼んだわよ！　ノア！　ノアがいないと私、生きていけないから！」

「あ、あはは……。全力を尽くすよ」

古代遺跡の螺旋《らせん》階段を下りた先には、大きな扉が待ち構えていた。

雰囲気が今までとは違う。この先に何かが待っているのだと予感させた。

「ここまで来て、こんな扉を前にするといよいよって感じがするわね！」

「そうだね。ダンジョンの最深部で何が待っているんだろう」

扉を開けようと力を入れる。……が、びくともしない。

「この扉、なんて重さだ……」

「開かないの？」

「……分からない。何か仕掛けがあるのかも」

今までの仕掛けは比較的単純なものだった。

中には難解なものもあったが、大半は古代文字《ルーン》を知っているか、知らないか、それを問うものだ。

『ふぬ！　ふぬぅん！　……ダメだな。この扉、まるで壁のようだぞ』

ファフニールは扉に体当たりするもすぐに諦めた。

「これって……」

俺は少し観察して、あることに気付いた。

「なになに⁉　なにか分かったの⁉」

「……この扉だと思っていたもの……実はこれただの壁だ」

「……へ？」

『なに⁉　我は無駄に体を痛めつけただけではないか！』

『ファフニールの行動のおかげで壁だって気付けたから』

『そ、そうか……』

続けて俺はこの壁について説明する。

「これは壁を扉っぽく見せるために凹凸を作ってある……。そりゃ開かない訳だ」

「えっ？　じゃあここまで来て結局行き止まりってこと⁉」

「……まだ分からない。道がないか、もう少し調べてみるよ」

周囲をじっくりと調べてみるが、重要な手掛かりは何も見つからない。

ましてや古代文字《ルーン》の痕跡すら見つからない。

……本当にここで行き止まりなのか？

扉が描かれた壁に寄りかかって、頭を抱えた。

「ユン、ごめん。ここまで来て、この先には進めそうにないよ」

「何謝ってるのよ！　ノアは大成果をあげてくれたじゃない！　何十年も謎に包まれていた古代遺跡をここまで解き明かしてくれたのよ！　感謝しかないわよ！」

「はは……それなら嬉《うれ》しいよ」

ユンは優しくそう言ってくれた。その心遣いはとても嬉しい。

でも──ここまで来たなら、この遺跡の謎を解き明かしたい、と強く思った。

ユンのためにも。

そして、自分自身の好奇心のためにも。

──そのとき、視界が真っ白になって、中心に一冊の本が見えた。

ぼやけた白い光が本を包んでいた。

これは一体なんだろう。俺は一体何を見ているのだろう。

そんな疑問が頭をよぎったが、不思議とその本はどこか見覚えがあるように思えた。

パラパラと自然と本がめくられる。そしてあるページで止まった。
文は古代文字《ルーン》で書かれていた。
これは……古代魔導書……？
そう思ったが、どうやら違うらしい。内容は魔法についてあまり記されていない。
でも内容は見覚えのあるものだった。矢の罠、岩の罠、槍の罠……などなど。
この古代遺跡で体験したものが本には記されていた。
そしてページの最後の方には——今、目の前にある壁のことについて記されていた。
偶然とは思えなかった。何か関連性があるように俺は思えて仕方がない。
それから俺は考えるよりも先に行動していた。
俺はその本に手を伸ばして掴《つか》み、魔法を詠唱した。
「《消印》」
記されていた『壁』という古代文字《ルーン》を消す。
「《刻印》」
そこに新しく、『扉』という古代文字《ルーン》を記した。
すると、本は再びパラパラとページが動いた。
パタン、と本が閉じられると視界は突然、元の場所に戻った。

「ノア⁉　大丈夫⁉」

心配した様子のユンが俺の顔を覗《のぞ》き込んでいた。

「ん、俺、今何してた……？」

「力がなくなったように意識を失っていたのよ！　でも無事で良かった。さ、早く帰りましょう。これ以上、無理すると危ないわ」

「なるほど、意識を失ってたのか……」

俺は立ち上がり、扉が描かれた壁に手をかける。

ゴゴゴ……。

思った通りだった。壁はもう扉になっていた。

扉は力を入れると、ゆっくり開いていく。

「えっ、扉が開いた……⁉　壁だったんじゃないの⁉」

『ほう。一体何をしたのだ？』

ユンとファフニールは驚いていた。

「……説明するのは後にしよう。この遺跡、最後の守護者を倒さなきゃいけないようだ」

ページの最後に書かれていたのは遺跡の守護者――ガーディアンゴーレム。

《傀儡《くぐつ》の箱庭》で戦ったガーディアンゴーレムと違って、大きさと形状がまるで人間のようだった。

構成する鉱石はヒヒイロカネ。現代ではお目にかかれない幻の鉱石。

円状の空間の中央に、緋色《ひいろ》の光沢を放つ異質なゴーレムが待ち構えていた。

扉の先に足を踏み入れれば、緋色のゴーレムは俺を敵として認識するだろう。

すぐに対応できるように心の準備をしてから、俺は先へ進んだ。

「……なにも起こらない？」

扉の先に足を踏み入れても緋色のゴーレムが襲ってくる様子はない。

『ふむ。どうやら壊れておるようだな。先へ進むとするか』

ファフニールが扉の先に侵入したとき、緋色のゴーレムの瞳が紅《あか》く光った。

『下がれ！　ファフニール！』

一瞬のうちに緋色のゴーレムは入り口まで移動し、ファフニールの顔の前に拳が置かれていた。幸いにもファフニールは俺の言葉を聞いて、扉の後ろに下がっていた。

『壊れておらんではないか！』

「コイツ……！　とんでもなく危ないじゃない！　でも、どうしてノアには攻撃をしなかったのかしら？」

ユンは不思議そうに呟《つぶや》いた。

「たしかに、俺を敵と認識しないのはどうしてだろう……」

ただ、それならば《傀儡の箱庭》の時と同じようにゴーレムを倒すことが出来る。

緋色のゴーレムに記されている古代文字《ルーン》の位置は胸部。

形状は変わっても位置は同じだ。

「よし、これでゴーレムは大丈夫だ」

ゴーレムを《アイテムボックス》の中に入れて、とりあえず一安心。

「き、消えた⁉」

ユンが驚いた。

「これは《アイテムボックス》という魔法だよ。これなら簡単にアイテムを収納できるんだ」

「そんな魔法があるのね……まあノアなら普通ね」

どうやらユンも古代魔法に慣れてきたようだった。

「それにしても……壁が扉になったり、ゴーレムはノアを攻撃しなかったり、謎だらけだわ……。もしかすると、ノアは古代遺跡と深い関わりがあるのかしら？」

「古代文字《ルーン》が読めるぐらいしか身に覚えないけどなぁ……」

「それがどれだけ影響しているのか、調べようがないものね。うーん、考えても仕方ないわ。先に進みましょ」

奥には道が続いている。

進んだ先にはいくつもの魔導具が置かれていて、青白い光を発していた。

その中心には全面をガラスで覆われた魔導具があった。

「な、なんだこれ……」

『これは驚いたな……』

ユンも俺達に続いて目の前の魔導具を見ると、驚愕《きょうがく》した。

「こ、これ……人が入っているじゃない！」

そう、目の前の魔導具には人が入っていたのだ。

銀髪にきめ細かく美しい肌。

華奢《きゃしゃ》な身体に長いまつ毛。

高い鼻に小さな口。

この世のものとは思えないぐらいに美しい少女がガラス越しに眠っていた。

「最深部にきて、こんなものが待っているとは……」

『うむ……。我もこれには驚きを隠せん……』

「凄《すご》い……信じられない。古代遺跡の奥でまさか女の子が眠っているだなんて……。でも、この子……呼吸をしていないんじゃないかしら？　全く身体が動いているように見えないけど……」

少女は何一つ動いていない。

呼吸をしていない……？　いや、違う。時が止まっているのだ。

この魔導具は時間の流れを止め、少女を眠らせる装置になっているのだろう。

……つまり、この魔導具の効果を止めてやれば少女は眠りから目を覚ますことになる。

「彼女は生きているよ。この魔導具は時間を止めているんだ。魔導具の動作が停止次第、すぐに活動を再開すると思う」

「そんな魔導具が本当に存在するの……？　実現不可能にしか思えないわ……」

「それが古代文字《ルーン》を使えば出来てしまうみたいだ。……どうしようか？　彼女を起こすのはそれなりのリスクがあると思う。襲ってくる可能性も低くはないだろうし、もしかすると彼女は封印されているのかもしれない。……でも、俺としては起こしてあげたい。こんなところで一人なのは寂しいだろうから」

『うむ。我も封印されているときは孤独との戦いだったな。あれは寂しいなんてものじゃないぞ』

ファフニールはウンウン、と首を縦に振った。

「ふふ、こんなものを見せられて冷静な判断なんて私には出来ないわ！　ノア、是非この魔導具の動作を停止してちょうだい！」

「ありがとう、ユン。いくよ」

魔導具に触れて、操作すると、ガラスが横にスライドした。

彼女は止まっていた時間が動き出したように、ゆっくりと瞳を開けた。

俺達を認識すると、目を大きく見開いた。

『誰？　此処《ここ》まで辿《たど》り着《つ》けるのは権限を持つ者だけなのに……』

彼女は入っていた魔導具の中から飛び出ると、腰を低くして臨戦態勢になった。

「な、何て言っているの……？」

話す言語は古代言語。ユンは彼女が何を言っているのか分からないだろう。

『何を話している……？　まさか悪魔……？』

彼女は何か勘違いをしていた。

早く誤解を解かないと状況はまずい方向に行ってしまう。

『ご、誤解だよ。俺達は此処を探索しにきただけなんです』

『貴方《あなた》はルーン言語を話せるの』

『ええ、でもこの人を含めて他の人間はルーン言語を話せません』

『そんな……嘘《うそ》……』

彼女は酷《ひど》く落ち込んで、

『……ねぇ、今ってルーン暦何年になる？』

……ルーン暦？　聞き覚えのない紀年法だった。

『紀年法は文明暦ただ一つですよ。紀元前の情報はほとんど残っていませんから』

『……ルーン族は？』

『分かりませんけど、俺の知る限りは見たことも聞いたことも……』

『そんな……』

絶望した表情で彼女は地面に座り込んだ。

『……やっぱり紀元前から眠っていたんですね。……残念ながら、多分君が眠ってから世界はものすごい時間が経《た》っていると思います。少なくとも今は文明暦779年。最低でも779年は眠っていたことになるはず』

『一瞬、目を閉じただけなのにそれだけの時間が過ぎていたなんて……』

彼女は酷くショックを受けている様子だった。

もしそれが自分だったら……そう考えるとゾッとした。

『よければどうしてここに眠っていたのか、教えてくれませんか？』

『……分かった。私も現状を把握したい』

彼女は一呼吸置いてから、今までの経緯を話し出した。

『私はキルクシーシャというルーン族の国の王女だった。この場所は第二次人魔大戦のときに悪魔と異界の化物から私を守るために作られた。大戦後、私を目覚めさせ、キルクシーシャの復興をする予定だったけど、そう上手《うま》くはいかなかったみたいね』

『ちょ、ちょっと待ってください！　第二次人魔大戦とは一体なんですか⁉』

『……知らないのね。第二次人魔大戦は、ルーン族と悪魔の戦いのこと。悪魔陣営は異界の化物も召喚して、まるでこの世の終わりのようだった』

『そんな戦いがあったなんて……』

『それが私の今までの経緯。そして、貴方が私を目覚めさせた。何故《なぜ》？』

彼女は俺という人間を深く観察するように、じーっと見つめていた。

『こんなところで一人でいるのは可哀想《かわいそう》だったからかな……後は好奇心だと思う』

『それだけの理由で私は起こせない。どうして私のもとまで来ることが出来たの？　権限を持つ者だけにしか私を起こせないはずなのに……』

『権限って何か分からないけど、ここまで来るのには苦労したよ』

『……ルーン族でも限られた者にしか出来ないのに……不思議』

『俺も不思議で仕方ないんだ。突然目の前に本が現れて、そこに記されていた古代文字《ルーン》を書き換えたんだ』

『本……。思えば、権限を持つ者はみんなそう言っていたわ』

『えーっと……身に覚えがないから何とも言えないな』

『権限を持つ者は世界に干渉できると聞いたことがあるわ』

『……スケールが大きすぎるな』

『貴方も世界に干渉してみせたからここにいるの』

彼女は本当に不思議そうに俺をじーっと見ていた——そのとき。

ぐぅ～、とお腹《なか》が鳴った。

『……お腹すいた』

彼女はそう言って、お腹に手をあてた。

『あはは、じゃあひとまず此処を出ようか』

『うん。そうする』

『……あ、そういえばまだ名前言ってなかったね。俺の名前はノア』

『私はアレクシア』

『良い名前だね。よろしくアレクシア』

『よろしく』

一通り話がついたので、その内容をユンに伝える。

「凄いわね……！　まさか紀元前から眠っていたなんて信じられないわ。でも実際にこうして存在しているものね。……これはとんでもない発見ね！」

「出来ることならアレクシアの存在は世間に公表しない方が良いと思う。アレクシアには平穏な暮らしを送ってもらいたいんだ」

「そうね。まずは私の屋敷《やしき》で暮らすといいわ。ノアも一緒にね」

「……そうか、そういえばアレクシアと話せるのは俺だけなのか」

「ええ。彼女の頼りになれるのはノアだけなんだから。頑張りなさいよね！」

「ああ。俺が起こしてしまったわけだから責任は持つよ」

「私も全力で協力させてもらうわ！」

「ありがとう。助かるよ」

「今まで私が助けてもらっていたから今度は私が助ける番よ！」

ユンはそう言って微笑《ほほえ》んだ。

「さて、じゃあここを出ようか。魔法を使うから俺に近付いてもらえるかな？」

アレクシアにも伝わるように翻訳して再び話すと、

『……《空間転移》を使えるなんて、ルーン族でもあまりいないのに』

『そうなの？ こだ……魔法って魔導書を見ただけで使えるものじゃない？』

古代魔法と言いかけた。アレクシアからすれば、古代魔法が普通の魔法だ。

すぐに訂正する。

『ノアが見た魔導書は分からないけど、普通は違う。ルーンの力は世界を根源としているけど、発動には自分の魔力を乗せる必要があり、使い手の技量によって差が出る』

『俺はてっきり古代文字《ルーン》を並べるだけで魔法が使えるものとばかり思っていたよ』

『その認識は間違いじゃないと思うけど、考え方が少し飛躍している』

ぐぅ～、とアレクシアのお腹が再び鳴った。

アレクシアは恥ずかしそうに頬を赤く染めて、目を伏せた。

『まあその話は後でじっくり聞かせてもらおうかな？』

『……うん。そうして』

第四章『古代種族との生活』

《空間転移》を使って、遺跡の外に出た。

出来ればユンの屋敷まで移動してしまいたかったけど、そろそろ魔力が限界だった。

『……本当にかなりの時間が過ぎているんだ』

アレクシアが小さな声で呟《つぶや》いた。

遺跡の外から見える景色は昔と今で変わっているのは間違いない。

きっとアレクシアは、自分の住んでいた時代よりも何百年後も未来だということを信じ切っていなかったのだろう。心のどこかで僅かな希望を抱いていたに違いない。

そして、その希望が今、打ち砕かれた。

アレクシアの悲しそうな表情を見て、俺は少しでも彼女の心の拠《よ》り所になってあげよう、と強く思った。それが彼女を起こした俺の責任だろうから。

王都リードルフに入ると、アレクシアは目を丸くしていた。

『人、店、多い……』

あまりの驚きに片言になっていた。
『ノアよ、ジロジロ見られておるぞ』
そして、ファフニールが言うように通行人達からの注目をかなり集めていた。
白衣のユン、子竜の姿のファフニール、民族衣装を身に纏《まと》ったアレクシア。
白色を基調としていて、強調色として青が用いられていた。
上着には魔石の装飾品が付いている。
少なくとも俺は書物でも見たことがない服装だった。
これは注目を集めても仕方ない面子《メンツ》だろう。
アレクシアが古代種族だとは誰も思わないだろうから放っておいてもいいだろう。
そのアレクシアはよく首を動かして周囲を見ていた。
『やっぱり街並みの様子は昔と全然違うの？』
『うん。全然違う』
アレクシアは少し寂しげな表情を浮かべていた。
『そっか……。早く慣れるといいね』
『きっとすぐに慣れるわ。この街は綺麗《きれい》だもの』
そしてしばらく歩き、ユンの屋敷に到着した。

屋敷内の廊下を歩き、部屋に入る。
豪華な長机の前にある椅子に座ると、続々と料理が運び込まれてきた。
『……いいにおい』
アレクシアはきょとん、と置物のように椅子に座っている。
長机に並ぶ料理をじーっと見て、じゅるり、と涎《よだれ》を垂らした。
ハッ、としてアレクシアはすぐに涎を拭う。
「ほらほら！　温かいうちに食べちゃって！」
ユンが俺の隣の椅子に腰掛けて、笑顔でそう言った。
『食べ方は分かる？』
アレクシアはコクリと頷《うなず》き、机に置かれていたフォークを握った。
そしてステーキにグサリ。
タレが飛び散るのを気にすることもなく、ステーキを豪快に口へ運んだ。
ガブリ。むしゃむしゃ。
アレクシアは目をくりくりとさせて、
『美味《おい》しい……！』
そう呟いて、無心でステーキにかぶりついていく。

なんとも食欲をそそる食べ方だ。
アレクシアが幸せそうな表情を浮かべていて、俺は少しホッとした。
「ふふ、美味しそうに食べるわね！　そして食べ方も原始的だわ！」
「ゆっくりと現代のことを知っていけばいいさ」
「そうね。さ、私達も食べましょ！」
アレクシアには色々と現代の常識を教えてあげなきゃいけないだろう。
アレクシアの様子を見るに世界はとても変わってそうだ。
『たまには肉も食わんとな』
ファフニールはそう言って、美味《うま》そうに肉を食べていた。
『あれ？　ファフニールって草食じゃなかった？』
『うむ。基本は草食であるが、たまには肉も食わんと栄養不足になってしまうのだ』
がつがつむしゃむしゃ。
『それなら先に言えば肉も用意してあげたのに』
『いや、基本的に肉は求めておらん。気にしなくて良いぞ』
『まあそう言わずに。ファフニールは俺の従魔なんだからさ』
『むぅ、そこまで言うなら……一週間に一食ぐらいは肉が食えれば良いな』

『分かった。食べたくなったらいつでも言ってね』

そして俺もステーキを食べ始める。ナイフとフォークを使って、肉を一口サイズに切り分け、それをフォークで刺して口に運ぶ。

うん、美味しいな。

その様子をアレクシアはじーっと見ていた。

『そうやって食べるもの？』

『そうだよ。切り分けて食べていくんだ』

『なるほど、ちょっとやってみる』

アレクシアは既に半分以上なくなったステーキを皿の上に置いた。

そしてナイフとフォークを見様見真似《みまね》で使おうとするが、不慣れなのが見て分かる。

『こうやってやると良いよ』

俺はもう一度ステーキを切る動作をして、手本を見せた。

『分かった。ありがとう』

チラチラとこちらを見ながらアレクシアはステーキを切り分けた。

それをフォークで刺し、食べる。

『美味しい。この食べ方は、さっきよりも味が分かる』

『ははっ、それは良かった』

こうして食事を終えた。アレクシアはとても満足そうだった。

『料理、とても美味しかった。私が住んでいた時代よりも遥《はる》かに進歩している』

『そうなんだね。どんなものを食べていたの？』

『お肉を焼いたものは食べていたけど、あんなに豊かな味はしなかった。野菜もそう。色々な味が混ざっているような感じがして、とても美味しかった……』

アレクシアは頬を緩めた。もしかすると、味を思い出しているのかもしれない。

◇

ユンの屋敷には浴場があるみたいで食事後、アレクシアを浴場に案内した。

「私がアレクシアと一緒にお風呂《ふろ》に入ってくるから、何か困ったときようにノアは脱衣室で待機しててもらえる？」

「ああ。分かったよ」

そういうわけで俺は今、浴場前の脱衣室にいた。

後ろで布の擦れる音が聞こえた。アレクシアとユンが服を脱いでいるのが音で分かる。

ぽーん、と水の音が聞こえてくる。

ファフニールは既に浴場に入って楽しんでいた。

分かりやすくはしゃいでるなぁ……。

そう思っていると、トントン、と肩を叩《たた》かれた。

首を少し横に回すと、生まれたままの姿になったアレクシアが視界に入ってきた。

雪のように白い肌を見て、俺は反射的に目を逸《そ》らした。

……見てはいけない気がした。

『ア、アレクシア？　どうした？』

『ノアはあそこに入らないの？』

『……あー、俺はなにか困ったときのためのユンとアレクシアの通訳係だよ』

『せっかくならノアも一緒に入れば良い』

自分の頬が引きつっているのを感じる。混浴は基本的に家族などの親しい間柄でするものだろう。

『……ダメじゃない？　……俺が一緒に入ると恥ずかしかったりとかしない？』

『うん』

声色から察するに本当に恥ずかしくないようだ。

『……まあ色々と問題があって、俺はアレクシア達と一緒にお風呂に入ることは出来ないんだ。分かってくれるかな？』

『分からないけど、ノアがそう言うなら仕方ない』

『あ、あはは……。ごめんね』

そう言って、俺は安堵《あんど》のため息をもらした。

「ちょ、ちょっとアレクシア!?　何やってるの!?」

ユンはアレクシアが側《そば》にいなかったことに気付いたのか、慌ててこちらにやって来た。

「ノアごめんね！　何かあったらよろしく！」

「あ、ああ、任せてくれ」

そして、ユンはアレクシアを連れて浴場に入っていった。

◇

屋敷《やしき》にある客室のベッドに座り、俺は先ほどの出来事を思い返していた。

「……まさか俺まで一緒に入ることになるとは」

結局あのあと、浴場にある魔導具の説明をする際にジェスチャーや実演だけでは不十分だったらしく、俺が協力することとなった。

「——じゃあ、どうせなら一緒に入っちゃえば？」

なんてことをユンが言い出し、結局俺まで一緒に入ることになった訳だ。

ユン曰《いわ》くサービスということらしかったが、俺としては変に二人を意識してしまい、複雑な時間を過ごした。

気持ちの良い湯加減ではあったが、なかなかに疲れる経験だった。

「……はぁ～、それにしても今日は本当に疲れたな」

『ふっ、地下迷宮よりも風呂場での方が疲れていそうだな』

ファフニールも既にベッドの上で体を丸めて寝る態勢を取っていた。

『あはは……。そうかもしれないね。でも楽しい１日だったよ』

『あの少女とは長い付き合いになりそうだな』

『アレクシアのこと？』

『うむ。ノアしか同じ言語を話せないのだろう？　ならば、ノアがいなくてはこの世界を生きていけないのではないか？』

『できるだけアレクシアの考えを尊重したいね。それに、現代の言語は俺が責任を持って教えるよ』

ラスデア語を使えるようになれば、ラスデア王国内での生活は何も困ることがなくなるはずだ。

『もう同族には会えんだろうからな。言わば、ノアが一番同族に近い存在なのだ。離れたくないと思うのが自然だろう』

『アレクシアがそう望むなら構わないさ。……さて、そろそろ寝ようか』

俺は部屋の明かりを消して、布団《ふとん》に入った。

◇

翌朝、朝食を済ませてからアレクシアにラスデア語を教えることにした。

俺とアレクシアは机に向かって隣り合わせに座っている。

『まずはルーン語とラスデア語の違いを説明するね』

『んー、分からない』

『……まだ何も説明してないよ？』

『ラスデア語を覚えるのは嫌』

『でも覚えないと俺としか会話できなくて不便じゃない？』

『……分かった。ラスデア語はちゃんと覚えるけど、条件がある』

『条件？』

『ノアは勝手に私のことを置いて離れていかないこと。これが条件』

……なるほど。確かにファフニールの言った通りになった。

鋭いなぁ、アイツ。

『分かった。アレクシアのそばから離れないようにするよ』

『それなら頑張る』

『よし、それじゃあ早速ラスデア語のイメージを説明していくね』

俺は切り替えるように、机の上に置かれた紙に言語のイメージを記していく。

『さて、ルーン語は1文字の持つ情報量がとても多いのが特徴的で、ある程度、文を省略しても意味が伝わるよね？』

問いかけると、アレクシアはコクッ、と頷《うなず》いた。

『ラスデア語は文を省略すると、ルーン語に比べると意味が伝わりにくい。だからその分、文法をしっかり理解しておく必要がある』

『ふむふむ』

興味深そうにアレクシアは話を聞いている。

『まずは感覚的に理解することが大事だ』

と、考えた俺はアレクシアを連れて街に向かった。

これは現代の常識を学ぶこととラスデア語の語彙を増やすことを兼ねている。

『見慣れない果物』

アレクシアはボソリ、と呟《つぶや》いた。

視線の先には果物を並べた露店があった。

『へぇ、見たことあるものは？』

そう聞くと、アレクシアは首を横に振った。

『何か食べてみる？』

ウンウン、とアレクシアは首を縦に振った。

なんだかペットみたいで可愛《かわい》らしい。

『どれが食べたい？』

『ノアが好きなもの』

『好きなものか……あれなんてどうかな？』

俺は白林檎《りんご》を指差した。ルベループに着いたときに食べた果物だ。

白林檎は甘くて瑞々《みずみず》しくて美味《おい》しかった。酸味があまりないから安心してアレクシアに勧められる。

『それにする』

「すみません、白林檎二つください！」

「はいよ！」

露天商から白林檎を二つ買って、近くの噴水の前のベンチに移動した。

座って、アレクシアはまじまじと白林檎を見つめて、がぶり、と口にする。

『……甘くて美味しい』

目を輝かせてアレクシアは言った。

『気に入ってくれたようで良かった。それは「白林檎」って言うんだよ』

『「白林檎」……「白林檎」美味しい』

がぶがぶ、と白林檎にかじりつくアレクシア。

俺も同じようにがぶがぶ、と白林檎にかじりつく。

すると、正面から3人の男がこちらに向かって近づいてきた。

「ねえねえ君、可愛いねぇ～」

「俺達C級冒険者なんだけどさ、ちょっと遊んでいかない？」

「そんな男より俺達と遊ぼうぜ」

アレクシアは何を話しかけられているのか分からない様子で首を傾《かし》げている。

「彼女、ラスデア語が分からないんですよ」

「へぇ、ここら辺じゃ見かけない顔つきだと思ったらそういうことかぁ～」

「言葉が分からないんじゃ仕方ないよな。強引に連れていかせてもらうとするかな」

「言葉が分からないならそれはそれで都合がいいわけだしな。ハハハ！」

３人は勝手に話を進めている様子。こちらも同じぐらい話が通じていない。

「すみません、彼女はまだラスデア王国にも慣れていないので」

俺はベンチから立ち上がり、３人の前に出る。

「あぁん？　ガキが邪魔すんじゃねーよ。俺達はC級冒険者だぞ？」

「痛い目見たくなかったらさっさとそこをどきな」

なにやら一触即発な雰囲気だ。

とっととこの場から逃げてしまった方がいいかもしれない。

『ノア、この人たち悪い人？』

背後でアレクシアがそう尋ねてきた。

『……たぶん』

『そう。じゃあこうすればいい。――《突風》』

アレクシアは古代魔法を唱えた。

「おい、何喋《しゃべ》ってんだよ！」

「早くどけっつてんだよ！」

突如、３人に強烈な風が吹き上げる。

「うわあああぁぁっ⁉」

「なんだこの風ぇぇぇっ⁉」

「なんで吹き飛ばされんだよぉっ⁉」

３人は上に吹き飛ばされ、どぼんっ、と噴水に落ちた。

周囲はざわつきながら、３人を不思議そうに見ている。

……考えてみれば当たり前かもしれないけど、アレクシアも古代魔法が使えるんだな。それにちゃんと噴水に着水するようにコントロールしている。なかなかの腕前だ。

……まぁそれは置いといて、これは逃げた方がよさそうな雰囲気だな。

『……ちょっと場所を変えようか』

『分かった』

俺はアレクシアの手を取って、この場から逃げ出した。

◇

屋敷に戻ってきた。

『私のしたこといけなかった？』

アレクシアは申し訳なさそうな表情を浮かべて言った。

『……うーん、あの場合は別に仕方なかったかも。でも、なるべくああいうことは他の人にしない方がいいと思う』

『分かった。気を付ける』

『うん。偉いね、アレクシア』

そう言うと、アレクシアはじーっと俺の目を見つめていた。

そして、アレクシアはゆっくりと口を開いた。

『……現代の人間は頭を撫《な》でたりしないの？』

……頭を撫でる？　一体どういうことだろうか。

『え、えーっと、アレクシアは撫でてほしいの？』

戸惑いながらそう言うと、アレクシアはコクコクと頷いた。

表情には恥ずかしそうな様子など微塵《みじん》もない。

……ルーン族は褒めるときによく頭を撫でていたのだろうか。

『……じゃあ撫でるよ？』

『うん』

アレクシアの頭に触れる。絹のようにサラサラな髪の毛だ。
手の平でアレクシアの頭を撫でると、とても触り心地がよかった。
『褒めてくれないの？』
やっぱりアレクシアは褒めてほしいようだった。
……とりあえず、さっき言ったことをもう一度言おう。
『アレクシアは偉いね。今度から気をつけようね』
『うん。そうする』
満足そうな表情を浮かべるアレクシアはとても可愛らしかった。

◇

それから俺達はユンの工房へ向かった。
屋敷の一室がユンの工房となっており、そこには色々な魔導具が置かれていた。
ユンがアレクシアと会話したいらしいので、俺に通訳をしてほしいとのこと。
「ユン、連れてきたよ」
工房に入ると、ユンは魔導具と睨《にら》めっこしていた。
魔導具を作製中のようだ。話しかけても気付かないとは凄《すご》い集中力だ。

「あーもう！　わからーん！」

集中力が切れたのか、ユンは両腕をあげて、身体《からだ》を伸ばした。

「あれ？　ノアとアレクシアじゃない！　いつの間に来ていたの？」

「今来たばかりだよ」

「……あ！　覚えててくれたのね！　私がアレクシアと話したいって言ってたこと！」

「そうそう。ちょうど屋敷に戻ってきたからユンに会おうと思って」

「ふふ、ありがと！　ノア！」

ユンと会話することはアレクシアの勉強にも繋《つな》がる。

アレクシアもユンと会話したいと言っていて、丁度いい機会だった。

『ユンは何を作っていたの？』

アレクシアは俺の袖をちょっと引っ張って、ユンの作製中の魔導具に指先を向けた。

それを翻訳してユンに聞いてみると、

「ああ、これは魔物探知機を作っているのよ。冒険者ギルドから依頼があってね。魔物を探知する仕組みを考えるのがとても難しいわ！　良いところまで来ているんだけどあとちょっとが上手《うま》くいかないわ！」

これをアレクシアに翻訳。

『魔物？　魔物ってなに？』

アレクシアは不思議そうに頭を傾げた。

『アレクシアは魔物を知らないのか？』

『魔物なんて聞いたことも見たこともない』

『アレクシアが暮らしていた時代に魔物は存在しなかったのか……』

『うん。多分』

これが事実なら魔物はどのようにして生まれたのか。

歴史を見ても魔物は当たり前のように生息している。

アレクシアが眠ってから魔物は生まれるようになったのか……？

「なになに！　何を話しているの⁉」

「……いや、ユンが作っている魔導具の説明をしたら、アレクシアが魔物を知らないって言うんだ」

「え⁉　そうなの⁉」

驚くユン。……そしていつの間にかアレクシアはユンの魔導具を手に持っていた。

「あら、アレクシアは私の魔導具に興味を持ってくれたのかしら！」

『これは私が見たことない技術。とても面白い』

「ふふ、そう言ってくれると嬉《うれ》しいわ！　このボタンを押すと魔物を探知できるようにしたいんだけど、中々上手くいかないのよね！　それさえ乗り越えれば一気に完成まで近づくんだけどね」

二人は楽しそうに話しているが、その裏に俺の頑張りがあることを忘れてはいけない。

『そう。ならこうすれば完成する——《刻印》』

そう言って、アレクシアは《生体反応分析》の古代文字《ルーン》を記し始めた。

条件を付けて、魔物だけを検出するように絞っている。

俺がさっき『魔物』と翻訳した情報だけで見事な古代魔術を一瞬にして完成させた。

『はい。完成したよ』

「ははは、またまた～！　そんなにすぐ完成するわけないいじゃない」

冗談半分でユンは魔導具のボタンを押した。

画面に魔物が検出される。画面に映る反応は1体。多分ファフニールだろう。

「か、完成してる……!?」

ユンは驚愕《きょうがく》していた。

◇

その後、またしばらく二人の会話を翻訳することになった。

ユンはアレクシアに当時の生活のことについて聞いていた。

本当に魔物がいなかったのか。生息していた動物について。食べ物について。住居について。

それらをアレクシアは一つずつ答えていった。

聞いていて驚くのは、やはり地上に魔物が本当に存在していなかったということ。

生息する生物は動物のように体内に宿す魔力が少ないものばかりだったという。

ただ、弱肉強食の世界は変わらない。ルーン族は食物連鎖の圧倒的な頂点に君臨していたようだ。だが、動物達を支配するようなことはせずに最低限の食料だけを頂くようにしていたらしい。

聞けば聞くほど、ルーン族という民族は不思議だと思った。

「よし、ありがとう！　とても興味深いことが聞けたわ！　あっ、それからこのことは私だけの秘密にしておくから安心して！　アレクシアの生活を脅《おびや》かすような真似《まね》はしたくないもの！」

話を聞き終わったユンは満足した様子だった。

そして、ユンは魔導具の研究を再開していた。

理由は魔物を探知する機能を自分では再現出来ないから。

魔導具技師としてのプライドもあったのかもしれない。

とりあえず、アレクシアに作ってもらったものはそのまま納品するみたいだが。

そして時間は過ぎ、夕刻。夕食は昨日に引き続き豪華なものだった。

「手伝ってくれたお礼よ！」

ということで美味《おい》しいものを沢山食べられた。

慣れない手つきでフォークとナイフを使い、アレクシアは美味しそうにご馳走《ちそう》を食べていた。

夕食後、今日も一緒にお風呂《ふろ》に入ろうとアレクシアに誘われた。

誘ってくれることは嬉しいが、流石《さすが》に二度目は遠慮しておいた。

『ふっ、意気地なしめ。では我がアレクシア達と一緒に入ってくるとしよう』

そう言って、ファフニールは一緒に浴場へと消えていった。

◇

ファフニールから入浴が終わったことを告げられ、俺も浴場へ行った。

浴場に行くと、嗅覚が刺激された。花のような甘い香りが鼻孔をくすぐった。

……そのことについてはあまり考えずに俺は身体を洗い流した。
部屋に戻ると、ファフニールは既に眠っていた。
俺も寝る準備をした後になんとなく窓を開けた。
薄く雲がかかった月が見えた。夜風が火照《ほて》った身体を良い具合に冷ましてくれた。
なんだか心地が良い。
しばらく俺は椅子に座り、背もたれに寄りかかりながらボーッと夜空を眺めていた。
「……さて、そろそろ寝るか」
体温が下がって、眠気が生じてきたところで俺は独り言を呟《つぶや》いた。
そして窓を閉めたとき、扉の外から声がした。
『ノア、起きてる?』
アレクシアの声だった。
『ああ、起きてるよ』
『一緒に寝てもいい?』
アレクシアは予想外のお願いをしてきた。何か悩みでもあるのかもしれない。
『何かあったの?』
『夜、眠れないの』

『眠れない？　昨日はどうしたの？』
『寝てない』
俺は頭を抱えた。……これは完全に失念していた。
アレクシアの周りの環境は一気に変わったのだ。
これからの生活に不安がないわけない。
『分かった。一緒に寝ようか』
扉を開けて、アレクシアを迎え入れた。
『ありがとう』
ふわっ、と花が咲いたような気がした。
お風呂場で鼻孔に感じた香りが漂ってきた。
窓から差し込む月の光に照らされたアレクシアはとても幻想的だった。
『……しかし、一緒に寝ると言ってもどうするんだ？』
『同じベッドで眠る。それだけ』
『……まあ、そうなるよな』
アレクシアは早速、ベッドで横になっていた。
……分かってはいたけど、やはり嫌でもアレクシアを意識してしまう。

アレクシアの容姿はとても美しい。
異性として魅力的な人物であるのは疑いようもない事実なのだ。
『どうしたの？　寝ないの？』
不思議そうな表情でアレクシアは俺を見た。
『寝ます……』
なんとなく俺は敬語で話して、ベッドに入る。
ベッドは二人が寝ても余裕があるぐらいの大きさだ。
同じ布団《ふとん》の中、アレクシアとの距離は少し離れている。
俺は仰向《あおむ》けになって、平常心を保ちながら天井を見つめていた。
『もう少し近くに寄ってもいい？』
『……いいよ』
もそもそ、とアレクシアは動いた。
互いの距離が縮まると、俺は少し恥ずかしくなって、アレクシアと反対側を向いた。
しばらくして、背中に温《ぬく》もりを感じた。
アレクシアが背中に抱き着いているようだった。
俺は驚きを押し殺し、なんとか平常心を保つ。

……何か当たり障《さわ》りのないことを話していないと冷静さを失ってしまいそうだな。

『……アレクシアはこの時代の生活に慣れてきた？』

『少しは慣れてきた。平和な世の中だと思う』

『そっか』

それ以上、話を繋《つな》げられなかった。

俺はこの状況にかなり動揺していて、頭が回っていないことを自覚した。

『――私、夜が怖いの』

沈黙を破ったのはアレクシアだった。

『夜が怖い？　どうして？』

『私の時代では夜になると化物が活発に動き出していた。夜はいつも誰かが戦っていたの。静かだったはずの夜は喧騒《けんそう》と悲鳴が響くようになった。だから私は……夜が怖い』

俺の想像以上に深刻な悩みを抱えていた。

アレクシアは微《かす》かに震えていて、今もなお恐怖しているようだった。

俺は彼女の方を向き、優しく抱きしめる。

『大丈夫だよ。俺が一緒にいるから』

『う、ううっ……』

すると、アレクシアは急に泣き出した。

『だ、大丈夫⁉　い、嫌だった？』

『……違う。父のことを思い出しちゃったの』

『なるほど……』

俺はそう言って、離れようとすると、アレクシアが俺の胸に顔をうずめた。

『アレクシア……』

気の利《き》いた言葉はかけてあげられないけど、俺はアレクシアの頭を優しく撫《な》でた。

『……父は私の目の前で大きな亀の化物に食べられちゃったの……』

アレクシアは静かに過去のトラウマを語った。強烈なトラウマだ。

心の傷はなかなか治らない。そのことは俺がよく知っている。

だから、少しでも前を向けるように、少しでも安心させてあげたい。

『……もし、そんな化物が出てきたとしても俺は死なないよ。俺って意外と強いみたいだから』

『うん……ありがとう……』

涙交じりの声でそう言った。

そのまま俺はアレクシアの頭を撫でていると、俺もうとうとしてきた。

アレクシアの体温が温かくて、心地が良い。なんだかとても穏やかな気持ちだ。

すーすー、と規則的な寝息が聞こえてきた。俺の胸に顔をうずめたままアレクシアは眠ってしまったようだ。

安心して眠ってくれてたら嬉《うれ》しいな、なんてことを思いながら、俺は眠りについた。

第五章『異界の化物』

『ノアー―。貴様のせいで計画は少し遅れてしまったな』

洞窟の中、ルーン語が響き渡る。

声の主は、身体《からだ》が黒い靄《もや》に覆われていた。姿、形を正確に認識することは出来ない。

まるで暗闇のようで、ナニカがそこに存在していることだけが分かる。

『しかし、結果は変わらない。ルーンによる魔法が行使出来たとしても、貴様にコイツを止めることは出来ない』

洞窟の奥には祭壇があった。祭壇には魔法陣が血で塗られていた。

近くにはいくつもの人間の死体が無残に転がっている。死体の山が形成されるほどに。

この死体たちは、こんな最期《さいご》を迎えることになるなどとは思ってもいなかっただろう。

それぞれの人生があって、苦労もしながら、幸せを感じていた。

しかし、そんな日常は蝋燭《ろうそく》の火を消すように、ふーっ、と一息で、崩れ去る。

何か報いを受けたわけでもなく、ただ運が悪かった。

『妖精を使えば、こんなにも生贄《いけにえ》は必要なかったのだがな。人間はエネルギーが少なくて困る』

黒いナニカは悪びれた様子もなく、使いにくい道具に不満を漏らしているようだった。

この存在こそが妖精を《傀儡《くぐつ》の箱庭》に閉じ込めていた張本人――闇の精霊である。

『ルベループ火山に封印されていた魔物も封印を解けば、暴れ回ってくれるかと思っていたが、結果を見ればノアに使役されただけだ。海蛇も簡単な守りも出来ないときた。――やはりこちらの魔物は役に立たない』

闇の精霊は血に塗られた魔法陣に手をかざした。

すると、魔法陣が黒く、禍々《まがまが》しく、光り出した。

『さて、ルーン族のいないこの世界でノア――お前は夢魔界の化物を止められるか？』

その言葉と共に、闇の精霊は姿を消した。

◇

『今日は一人で勉強するからノアは自由にしてて』

今朝、アレクシアが俺にそう言ってきた。

どうやら俺はアレクシアに気を遣わせてしまっていたようだ。

しかし、せっかくのアレクシアの厚意を無駄にするのも良くないと思い、俺は一人で王都を歩いていた。……いや、一人じゃないな。頭の上に1匹いた。

『む？　我がいては不満か？』

『むしろ大歓迎だよ』

『ふふん、それならよい』

初めに向かった場所は冒険者ギルドだった。

思えば、王都の冒険者ギルドは一度も訪れていなかった。

一応、俺の職業は冒険者なので訪れておくべきだろう。

ギルドに入ると、中は人が多く、繁盛《はんじょう》していた。

王都の人口は多い。利用者も冒険者も自然と他の都市に比べて多くなるのだろう。

貼りだされているクエストの数も多く、掲示板もルベループのものより大きい。

良さそうなクエストはあるかな？　と、依頼されているクエストを見ていく。

「あれれ？　昨日のボーイフレンド君がこんなところで何してるのかなぁ？」

「もしかして冒険者だったの？　え～、意外」

右から声をかけられた。

内容から人物達を察しながら視線をズラすと、予想は的中していた。

声の主は昨日、アレクシアに声をかけていた3人の冒険者だった。

「どうも」

俺はニコッと笑って、挨拶をした。

3人も俺の挨拶に返事することなく、ニヤニヤとした笑みを浮かべながらこちらに近づいてきた。

俺が見ていたE級クエスト欄を見て、3人はニヤリと笑みを浮かべた。

「えっ、なになに？　E級のクエストでも受けるの？　マジで⁉」

「うわぁ～、見るからに貧乏そうだけどやっぱり底辺冒険者なんだ～」

「かわいそ～」

すごいバカにされていた。

『ノア、こいつらぶちのめしていいか？』

ファフニールが3人を睨《にら》みつけながら言った。

俺は首を横に振る。

「……まあ一人で活動しているので、そんなにお金には困らないんですよ」

「あ？　パーティ組んでる奴《やつ》らを馬鹿にしてんの？」

「うわっ、見かけによらず性格悪ぅ～」

「馬鹿にしてないですよ。金銭面の心配をしてくれてたので、問題ないことを伝えただけですから」

「チッ……お前、ちょっとこっち来いよ」

そして、冒険者ギルドの近くのひとけがない路地裏に半ば強引に連れて行かれた。

「……てめぇ、舐《な》めてんの？」

3人の内の一人、金髪の男が俺の胸倉を掴《つか》んだ。

ポケットの中に入れていたギルドカードがポロッと床に落ちた。

普段は《アイテムボックス》の中に入れて保管しているのだが、冒険者ギルドでギルドカードを見せる機会があったときに不便だと思い、わざわざポケットに仕舞い直したのが裏目に出た。

また一人、茶髪の男がギルドカードを拾った。

「ぷっ、ギャハハハ！　おいおい、こいつの才能【翻訳】だってよ！　なんで冒険者やってんだよ！」

「ハッハッハ！　マジで才能が【翻訳】だわ！　こりゃ底辺冒険者やってんのも納得だわ！」

二人で俺のギルドカードを見て笑っていた。

「なんでお前みたいな雑魚《ざこ》があんな可愛《かわい》い子と仲いいんだ？　――そうだ、ここにあの子連れて来いよ。連れてきたらお前のことは見逃してやるよ」

そう言って金髪の男はゲスな笑みを浮かべていた。

「連れて来ないって言ったらどうします？」

「痛い目見てもらうことになるかもな」

「じゃあそっちの方がいいかもしれない」

「……馬鹿が」

金髪の男は拳を振りかぶった。

だが――。

「悪いけど、手を出すなら眠っててもらおうか――《睡眠》」

「何言ってやがるんだ！　この――」

バタン。殴りかかろうとした金髪の男は地面に倒れた。

「なにしやが――」

バタン。もう一人の男も倒れる。

一人だけが残る。

「ひ、ひぃっ⁉　ば、化物！」

「眠らせただけですよ。手荒な真似《まね》とかあんまり好きじゃないので」

「ほ、本当か……？」

男の怯《おび》えた表情が少し和らいだ。

「ええ。それから一つお願いがあるんですけど、今後俺や昨日の彼女に声をかけるのはやめてもらえます？　あとギルドカード返してください」

「も、もちろんですとも！」

男はすぐにポケットからギルドカードを取り出して、手渡してきた。

「ありがとうございます。じゃあこれで失礼しますね」

「は、はいっ！　す、すみませんでしたああああっ！」

土下座する男の横を通って、路地裏から出た。

ふぅ……なんとか穏便に終わらせることが出来たな。

これで今後、邪魔されることもなくなっただろう。

「――探したぞ、ノア」

一息ついていたときにまた声をかけられた。

聞き覚えのある低い声だった。

「……父上」

現れたのは、俺の父にして、アルデハイム家の当主ヒルデガンドだった。

「アルデハイム家に戻ってきてもらおう。そして、今後一切外には出さない」

「……急すぎますね。それに俺はもう追放された身だと思うのですが」

「事情が変わったのだ。大人しく言うことを聞け」

久しぶりの再会だというのに、父上の声と表情は冷たいものだ。

俺を探してくれていたことは嬉《うれ》しいが、何か裏があるとみて間違いない。

「……まず、その事情を教えてください。話はそれからです」

「ふっ、無能のお前に教えることなどない」

「そうですか……。では、お断りします。俺も事情が変わったので」

父上に対して、初めて反抗した。

多分俺はアレクシアと出会っていなければ、このまま父上と一緒に帰っていたことだろう。だが、今はアレクシアを一人にすることなんて出来ない。

「それなら強引に連れて帰るのみだ」

「それなら逃げるだけです」

「この私から逃げられると思っているのか？」

「はい。親不孝な息子ですみません――《空間転移》」

父上に謝り、《空間転移》でユンの屋敷の庭に戻ってきた。

「まさか父上と遭遇することになるとは……ん?」

辺りが一気に暗くなった。空を見ると、雲が黒くなっている。

雨でも降るのか?……いや、それにしては雲が黒すぎる。

一瞬、視界に閃光《せんこう》が走った。そして、すぐに轟音《ごうおん》が鳴り響いた。

雷かと思ったが、そうではないことが感覚的に分かった。

禍々しい魔力を感じたからだ。

「《空歩》」

俺は宙に浮かび、禍々しい魔力の持ち主のいる方角を見た。

「……なんだあれ」

視界に映ったのは、山のように巨大な亀の姿だった。

かなり離れていても姿と形がハッキリ分かるぐらいに、その亀は巨大だった。

「闇の精霊……」

頭にその名前がよぎった。

ただの勘だが、これは闇の精霊の仕業ではないかと思った。

『……とんでもない化物が現れたな』

『ファフニールにそう言わせるなんてよっぽどだね』

『ああ。我から一つ忠告しておきたいのだが、アレと戦おうとする真似はやめておいた方がいい』

『参考にさせてもらうよ』

『……絶対だぞ』

『もちろん、参考にはするよ。どうなるかは分からないけど』

『……やれやれ』

一通り現状を把握した俺は屋敷の中に入った。

屋敷の3階にあるアレクシアの部屋に向かう。

『アレクシア、大変なことになった！』

扉をバタンと勢いよく開けた。

アレクシアは立って、窓の外を見つめていた。

窓からは山のように大きな亀がのしのし、とゆっくり歩いているのが見えた。

『……そうみたい』

力のない声だった。振り向いたアレクシアの顔色は悪い。

様子がおかしい。

……まさか。

『……もしかして、あの亀は……』

アレクシアは俺の先の言葉を察したのか、震えた声で呟《つぶや》いた。

『うん』

『そっか。あの亀か……』

『ノア、戦わないで』

真っ先にアレクシアはそう言った。

『まだ戦うなんて一言も……』

『父と同じ目をしていた。だからノアは戦いに行く』

『……鋭いな』

アレクシアの言っていることは当たっていた。

俺はあの亀と戦うつもりでいる。

『行かせない。どうしても行くなら私はノアを全力で止める』

『それは嫌だけど、俺はあの亀と戦いに行くよ』

『なら力ずくで止める』

『……分かった。じゃあ仮に逃げたとしよう。逃げてどうする？』

『生きればいい。あの亀と戦わなければ生きていけるわ』

『じゃああの亀はどうなると思う？　動き続け、多くの犠牲者が出て、この街も滅ぶ。その可能性は非常に高いと思うよ』

『それは……誰かが……』

　アレクシアは目を伏せた。

『誰かが倒してくれる、なんてのは言葉を選ばずに言えば、都合のいい考えでしかない。逃げて、生きたいと思う人ばかりだろう。でも、立ち向かう人は必ずいる。それはこの街を、この国を、そして大切な人達を守りたいからだ』

『……分かってる。……だって、父もそうだったから……』

　涙交じりの声。俺はアレクシアの両肩に手を置く。

『俺はアレクシアのお父さんの遺志を継ぎたい。そして、必ずあの亀を倒す』

『……ずるい。そんなこと言われたら……ノアを止められない……』

『ごめん』

　アレクシアは俯《うつむ》いたまま、手の甲で涙を拭って、俺を見た。

　その目には覚悟が宿っていた。

『──分かった。ノアが戦うなら私も戦う』

『……いいのか？』

『正直、立ち向かうのは怖い。だけど、ここで逃げて、ノアを失う方がもっと怖い』

『アレクシア……』

『ノア、今から私の知っていることを話す。私達であの亀を倒そう』

『……ああ！　ありがとう！　アレクシア！』

『礼を言うのは私の方。ノアのおかげで父の生き様を否定せずに済んだ』

◇

そして、アレクシアから亀の化物の情報を聞かせてもらった。

亀の化物の名前は『夢幻亀』と言うらしい。

常に動き続けていて、休憩はしないようだ。

厄介なことに魔法が効かず、物理攻撃もあの巨体にはほとんどダメージを与えることは出来ない。

唯一の弱点は甲羅に覆われていて、夢幻亀はまさに絶対防御を誇っている。

ルーン族でもアレクシアが知る限りでは倒せていないようだ。

『この情報、役に立つ？』

『大助かりだよ。ありがとうアレクシア』

アレクシアは頭をこちら側に傾けた。

『……撫《な》でて欲しいの？』

『うん』

アレクシアは少し恥ずかしそうに顔を赤らめていた。

……もしかして照れてるのかな？

昨日は照れている様子はなかったけど、どうしたんだろうか。

そこまで深く考えずに俺はアレクシアの頭を撫でた。

◇

アレクシアを撫で終わった後、ユンと話をするために工房にやってきた。

ユンは工房で魔導具作りに夢中になっていた。

「おーい、ユン！　聞こえてるかー？」

「――へ？　あら、ノアじゃない！　一体どうしたのかしら？」

顔をあげたユンは現在何が起こっているのか、何も分かっていないようだった。

様子を見に来て本当に良かった。

「窓の外を見てみて」

「窓の外？　──ええっ⁉　ナニアレェッ⁉」

ユンは飛び跳ねる勢いで驚いていた。

確かに夢幻亀を見れば誰だって驚くだろう。

「あの亀は夢幻亀というらしい」

「……夢幻亀。見たことも聞いたこともない魔物ね。それにしてもデカすぎじゃない？　規格外もいいとこよ！」

「ああ。でも安心して。夢幻亀は俺とアレクシアで倒すから」

「ちょ、ちょっと待って！　二人で⁉」

「その予定だけど……」

「それならラスデア王国の兵力が注がれたときに全力で戦うべきよ！　騎士団、魔法師団、そして冒険者達が討伐に絶対動くはずだから！　そのときにノア達も戦いに参加すればいいわ！」

「なるほど……」

「ノアは冒険者だから志願すれば戦えそうだけど、アレクシアはそうじゃないものね！　それにノアはまだE級冒険者だから志願しても参加できない可能性もあると来た。……んー、こうなったら私のコネで何とかするしかないわね！　よし、私に任せておきなさい！」

「コ、コネで？」

「ええ！　私はこう見えてもラスデアでは名の知れた魔導具技師なのさ！」

ユンはえっへん、と胸を張った。

そしてユンはアレクシアの年齢を聞き、俺からギルドカードを預かると、

「ギルドマスターと話してくるね！」

と言って、屋敷から出て行った。

ユンは簡単に言ってたけど、とても凄《すご》いことなんじゃないだろうか。

冒険者ギルドから魔導具作製の依頼も受けていたことだし、ユンの人脈はとても広そうだな……。

◇

その日の夜、夕食時にアレクシアのギルドカードが渡された。

「色々と話をつけてきたわ。騎士団、魔法師団、冒険者ギルドで夢幻亀の討伐隊を募るようね」

「……ユン、凄すぎないか？

「冒険者ではDランク以上の冒険者が対象の討伐クエストが定員無制限で貼りだされているわ」

「Dランクか……少し足りないな」

「ふっふっふ。ノア、自分のギルドカードをよく見てみなさい！」

「ん？」

そう言われ、自分のギルドカードを見てみた。

なんと、ギルドカードに表記されていたランクがEからDに変わっていた。

「Dランクになってる……」

「ノア、これがコネよ」

「コネ……すごいな……」

もしかして、と思い、アレクシアのギルドカードも見てみる。

【名前】アレクシア【ランク】D【性別】女性【年齢】15【種族】人族

【才能】魔法使い

「アレクシアもDランクだ……」

「ええ、じゃないとクエストに参加できないからね！」

凄いな、ユン。実績のない新人冒険者をDランクにしてしまうとは……。

才能は魔法使いになっており、正式に才能は鑑定された訳ではないが、悪くないチョイスだ。

アレクシアの魔法の実力はかなりのものだから不自然に思われることはないだろう。

「じゃあこれで討伐クエストに参加できるわけだね」

「もうすでに参加しておいたわよ。決行は明後日《あさって》。巨大亀の進行速度を考えると三日後にこの街にぶつかるみたいね」

「三日後か……確かにそれぐらいだろうな」

「私も戦いのサポートに回ることになったわ。これは一刻を争う事態。ラスデア国中から人材を集めて、投入される兵力は総勢20万」

「20万……凄い人数だ。それにユンがサポートに回ってくれるのも心強い」

「頼りにしてるのはこっちの方よ！　夢幻亀の討伐は任せたわよ！　ノア！」

そう言って、ユンは拳を俺に突き出した。

「ああ。任された」

俺も同じように拳をユンの拳に合わせる。

「ユン、ありがとう」

ギルドカードを手に持ったまま、アレクシアが言った。

片言だが、アレクシアはしっかりとラスデア語を話していた。

「えっ⁉　アレクシア、もうラスデア語を話せるようになってるの⁉　すごいじゃない！」

「すこしだけ」

通訳せずともアレクシアは少しずつ、言葉の意味を理解できるようになっていた。

凄い上達速度だ。

「ふふっ、アレクシアとちゃんとお話し出来る日もそう遠くないわね！　そのためにもあの亀は何としてでも倒さなきゃね！」

「そうだな。あの亀は何としてでも倒そう」

◇

夕食と風呂《ふろ》を済ませ、寝室にやってきた。

『まったく、我の忠告をあっさりと無視しおって』

『ははは……ごめん。ファフニール』

『まあ無視されるだろうとは思っておった。ノアのことだからな』

『ファフニールは危険だったら逃げて良《い》いよ。俺が死ねば俺との契約も切れるだろうから』

『今更そんなことするか。むしろ危険になったら我が助けてやるわ』

『ファフニール……ありがとう。心強いよ』

『ふんっ、なにせ我はノアの従魔なのだからな。これぐらい当然であろう』

ファフニールは本当に良いやつだ。

従魔になってくれて、本当に良かったと思う。

『ノア、起きてる？』

扉の外からアレクシアの声がした。

今日も一緒に寝る約束をしていたから、俺の部屋にやってきたのだろう。

『起きてるよ』

扉を開けて、アレクシアを迎え入れる。

『今日も一緒に寝てくれる？』

『ああ、構わないよ。俺もアレクシアと一緒に寝るのは慣れてきたから』

『そ、そう……。それなら私も嬉《うれ》しい』

アレクシアはそっぽを向いて、言った。耳が少し赤くなっていた。

ベッドに入ると、アレクシアは昨日と同じように寄り添ってきた。

そして他愛もない話をした。

アレクシアが現代を見て思ったこと。ラスデア語のこと。

夢幻亀についての話題が出ることはなかった。

残された時間を満喫するかのように、普通の会話を楽しんでいる内に、俺たちは眠りについていた。

◇

討伐決行日の前日、昼過ぎに俺たちは決戦の場となる平原に向けて移動を開始した。

ユンの魔導具である魔動四輪車に乗って移動することになった。

ルベループから王都リードルフに来たときに乗った魔動二輪車は二人乗りだったが、この魔動四輪車は最大四人まで乗ることが出来るようだ。

なんとも便利な乗り物だ。

「ユンも戦いのサポートをするとか言ってたけど、一体何をするんだ？　その場で魔導具を作ったりとか？」

魔動四輪車に乗りながら、運転するユンに話しかける。

「あははっ！　そんなことするわけないじゃない！　私、こう見えても一応回復魔法ぐらいなら使えるわ！　だから、怪我《けが》した人たちを治療する仕事をさせてもらう予定よ！」

「なるほど、それは確かに重宝するな」

日が暮れた頃に、平原に到着した。夢幻亀との距離はもうそう遠くはない。着々とこちらに近づいてきているのが分かる。

平原にはテントが多く並んでいた。

多くの関係者がテントで一晩を過ごすようだ。

『人が沢山いる』

アレクシアは呟《つぶや》いた。

『だな。俺もこんなに大勢の人が集まってるのを見るのは初めてだ』

『私も初めて。ルーン族はこんなに多くなかったから』

『じゃあこれだけいれば夢幻亀もきっと倒せるよ』

周囲を見てみると、冒険者が多い。

騎士団、魔法師団はそれぞれ離れた場所で集まっているようだ。

冒険者達はテントの外で焚火《たきび》をして、夕食をとっていた。

俺達が到着すると、ユンの魔導具を珍しがって、視線が集まった。

魔導具は高価なものが多いため、所有者はそう多くない。

ユン曰《いわ》く、C級ぐらいから、ちらほら現れるらしい。

冒険者で最も多い等級はD級であるため、この場にいる冒険者の大半はD級である。

視線が集まる理由の一つはそれだろう。

ただ、ユンの魔導具は魔導具の中でも高価で珍しいものだ。

魔導具を所有していても珍しく思うに違いない。

それらが注目を集める理由になっていそうだ。

「私達も寝床を用意しなきゃね！」

「じゃあ俺がテントを取り出すよ」

一応、《アイテムボックス》の中にテントは収納してある。

前回ルベループから王都リードルフに移動するときもテントで野宿したから、少しは慣れている。

「ふふっ、今回の私は用意周到よ！」

そう言って、ユンは魔動四輪車に積まれてあった箱を取り出した。

「その箱、気になっていたけど一体何が入っているんだ？」

「まあ見てなさい！」

ユンが地面に箱を置き、それに魔力を流した。

するど、箱は段々と大きくなっていった。

約10秒が経過すると、そこには扉の付いた長方形の家があった。

「な、なんだありゃ……！」

「箱が家になっちまったぞ！」

「すげえ……！」

周囲の冒険者はざわざわとしていた。

「これは天才魔導具技師のユンちゃんが作った簡易一軒家よ！」

ユンは自慢げに胸を張った。

中に入ってみると、家具が一式揃《そろ》っていて、ベッドが二つあった。

なんとも便利な魔導具だ。

「ベッドが二つしかないから一人が寝袋を使うことになるわね。ま、ノアとアレクシアは明日戦うことになるから私が引き受けるわ！」

『ノア、ユンはなんて言ってるの？』

『私は寝袋使うから二人はベッドを使ってだとさ』

『それなら私とノアは同じベッドで寝るから問題ないね。3人ともベッドを使える』

『そ、そうだな……』

『うん。ユンにそう伝えてあげて』

『あ、ああ……』

　俺は頭を抱える。

　このことをユンに伝えるのは少し恥ずかしかった。ユンの反応も容易に想像できる。

「ユン、そのことなんだがな……俺とアレクシアは同じベッドで寝るから、寝袋で寝る必要はないよ」

「へぇ、そんなに仲良くなっていたのね。まるで兄と妹ね」

「アレクシアは夜が不安で眠れないらしくて、それで一緒に寝てるんだ」

「みんなベッドで寝れそうで良かったわ！　出来ればベッドで寝たいもの！　それじゃ寝床も決まったわけだし、私は到着の報告に行ってくるわ。ノア達も到着の報告しといてね！」

　そう言って、ユンはギルドマスターのもとへ向かった。

「到着した冒険者はこちらに来てくださーい！」

　外からギルド職員の声が聞こえてきた。

『ここに到着したことを報告しなきゃいけないみたいだからアレクシアも一緒に付いてき

てくれる？』

『分かった。ユンはどこ行ったの？』

『ユンも俺達と同じだ。向かう場所は違うけどね』

外に出ると、冒険者の列が出来ていたので、向かう場所は分かりやすかった。

列に並び、到着の報告をする。ギルドカードを見せるだけだ。

「ノアさん――ああ、なるほど。貴方《あなた》ですね。既に話は聞いております。もしかしてそちらの女性はアレクシアさんでしょうか？」

ギルド職員はニッコリと笑ってこちらを見てきた。

会話の内容からユンが既に話を通しているようだった。

「そうです」

アレクシアの代わりに俺が返事をする。

『あの人にギルドカード渡してくれる？』

そしてアレクシアに耳打ちをした。

アレクシアは頷《うなず》いて、職員にギルドカードを渡した。

「――はい、確認いたしました。前線での活躍を期待しています」

「ありがとうございます」

そう言って、俺達はギルド職員の前から立ち去る。

ただのDランク冒険者なのにここまでスムーズに済んだとは……凄《すご》いな。

しかもDランクもユンに引き上げてもらったものだ。

戻ったらユンに感謝しておかないとな。

「——あれ、もしかしてノア？」

聞き覚えのある女性の声がして、振り返ると俺は驚いた。

「セレナさんじゃないですか。久しぶりですね」

「また会えて嬉しいわ。そちらの女性は？」

「えーっと……俺の友人で一緒に冒険者をやっているアレクシアです」

アレクシアは俺とセレナさんに何度か視線を動かして、状況をある程度把握したのか、頭を下げて挨拶をした。

「……そ、そうなんだ！　か、可愛《かわい》らしい方ね」

セレナさんは少しの沈黙の後、動揺した素振りを見せた。

「セレナさんも夢幻亀の討伐に？」

動揺を静めるようにセレナさんはぶんぶん、と首を横に振った。

「ええ。あんな化物、国中の冒険者が総出になって挑まないと勝てないでしょうからね。

でもノアが戦いに参加してくれるなら心強いわ。頼りにしてるわよ」

「頑張ります。アイツを倒さないと国中がパニックになるでしょうからね」

俺がそう言うと、セレナさんは優しく微笑《ほほえ》んだ。

「……もう、ノアと話しているとおとぎ話の英雄なんじゃないかと思ってくるわ。私も貴方に助けられた一人だから尚更《なおさら》ね」

「そんなことないですよ。俺はただ目の前で困っている人を助けただけです」

「それで国を助けよう、なんて普通は思わないわよ」

「ま、まあそれはなりゆきな部分も多いですから……」

「ふふっ、ノアらしいわね。戦いの前に貴方と話せて良かったわ。それじゃ失礼するわね。生きてまた会いましょう」

「はい。俺もセレナさんと話せて良かったです。また必ず生きて会いましょう」

セレナさんは微笑みながら背を向けて、歩き出した。

立ち止まって、セレナさんを見送っていると、アレクシアが俺の袖をちょんちょん、と引っ張った。

『ノア、あの人は？』

『俺がアレクシアと会う少し前に知り合った人だね』

『仲良さそうだった』

『そうだね。友達だよ』

『そうなんだ』

……その言葉に俺はなんとなく圧を感じるのだった。

簡易一軒家に戻ると、しばらくしてユンも帰ってきた。

「ただいまー！　戻ってきたから夕食にしましょう！」

「ゆうしょく！」

アレクシアは表情を急に明るくさせた。

夕食というラスデア語をハッキリと理解していた。

その姿を見て、俺は犬を連想した。アレクシアは本当に現代の料理が好きなんだな。

「ゆうしょく、たべたい」

待ちきれないと言わんばかりにアレクシアは言った後に、ぐぅ～とお腹《なか》が鳴った。

夢幻亀はもう遠くない距離まで近づいてきている。

これが最後の夕食にならないように、明日は全力を出さなければならないな。

◇

ラスデア国内にある魔法師団は全部で6師団存在する。

師団の番号は、結成した時期が早いものから割り当てられる。

一つの師団の規模は大体1万人である。騎士団は七つの騎士団が存在している。

魔法師団とは違って、白薔薇《ばら》騎士団、赤竜騎士団、といったように色で騎士団が分けられている。

魔法師団、騎士団には夢幻亀の情報が既に伝達されている。

それをもとに、各部隊の将官、司令官が夢幻亀討伐の作戦を立てていた。

ノアの父であるヒルデガンド・アルデハイムは第2魔法師団の師団長を務めている。

第2魔法師団の本部はアルデハイム領内に置かれており、この緊急事態に第2魔法師団の編制部隊を総動員させていた。

ヒルデガンドが第2魔法師団を総動員させたのは、武功をあげればアルデハイム家がますます繁栄すると踏んだからだ。

(ノアが冒険者として夢幻亀討伐の緊急クエストに参加しているらしいな)

ヒルデガンドはテントの中で思案にふけっていた。

(ノアが私に見せた魔法——あれは間違いなく古代魔法だ。まったく、バカげたことをしてくれたものだ。……しかし、アルデハイムの屋敷に古代魔導書が隠されていると聞いていたが……まさかノアは見つけたのか？）

ヒルデガンドは口に手を当てて、ノアの可能性を考えた。

（──そうか、アイツの才能は【翻訳】だ。それを活用したのだな。ならばアルデハイム家に連れ戻す恩恵は大きいが、可能かどうかは別問題）

ヒルデガンドは首に下げたロケットペンダントを開いた。

中には金髪の女性の写真がはめ込まれていた。

金髪の女性の名はレイナ。ノアの母親である。

（ノアを連れ戻せないのであれば、殺すしかないだろう）

クローディア第二王女がノアについて摘発したとしても、今回の夢幻亀討伐に際して活躍していれば、お咎《とが》めなしになる。

ノアを連れ戻せなかった場合も戦死扱いになるだろう。

彼が息子のノアにこのような非情な決断を下せるのには訳があった。

それはノアの母親──レイナが関係している。

レイナはノアを産んでからすぐに亡《な》くなってしまった。

それでヒルデガンドは悲しみに暮れた。

レイナの死因は不明だが、ヒルデガンドはノアに宿る魔力の量が関係しているのではないかと思った。レイナは妊娠中からよく体調を崩すようになっていた。

出産間近にレイナの体力はもう限界を超えていた。

そして、生まれたばかりのノアの魔力の量は赤子とは思えないほどに膨大だった。

一流の魔法使いに匹敵するようなレベルだ。

普通じゃない。まさに規格外。

そんな子を産んだのだから亡くなったレイナも報われる。

そう思い、レイナの死を乗り越えたヒルデガンドに突き付けられたのは『ノアに魔法の才能がない』という現実。

その瞬間にヒルデガンドのノアに対する愛情は憎しみに変わってしまった。

自分の気持ちを守るために、我が子を犠牲にしたのだ。

そして、ノアがレイナとの間に身籠った子ではない、別の男の子を身籠っていた、とすら考えるほどだった。

才能は遺伝することから、『魔法の才能がない』という理由だけでその考えは比較的合理的ではあった。

ラスデアでは一夫多妻制が認められているため、次男のグレンは別の妻が産んだ子だ。

しかし、ヒルデガンドが真に愛していたのはレイナだった。

彼の心にぽっかりと空いた穴はとても大きかったが、それを埋めるようにヒルデガンドは魔法の才能をちゃんと授かったグレンを愛するようになった。

多くの要因が重なり、ノアは悲しい子供時代を過ごしたのだ。

「ヒルデガンド様、夢幻亀討伐の作戦、第2魔法師団員全体への伝達が完了いたしました」

ヒルデガンドのテントに副師団長が顔を見せた。

「ご苦労だった。明日の指揮はお前に任せたぞ」

「承知いたしました。ヒルデガンド様の実力を考えれば指揮役に回るよりも、自ら戦う方が良いでしょうから」

「……そうだな。さて、明日の決行は早朝からだ。今日はもう身体《からだ》を休ませておくといい」

「ありがとうございます。それでは失礼します」

「ああ、おやすみ」

明日、ヒルデガンドは第2魔法師団とは関係なく、自由に動く。

夢幻亀討伐のためという口実だ。

ヒルデガンドの瞳はもう一片の迷いも無かった。

ノアを連れ戻せなかったとき、なんの躊躇《ためら》いもなく、我が子を手にかけることが出来るだろう。

そう決心したヒルデガンドは静かに目を瞑《つぶ》ったのだった。

◇

早朝、地面が揺れ、ズドンという大きすぎる足音が周囲に響いた。
準備は既に出来ていて、俺とアレクシアは前線を務める冒険者達の中にいた。
ユンは昨晩、準備があると言って、そのまま帰ってくることは無かった。
「夢幻亀……間近で見るとかなりの大きさだな」
こんな化物がいるとは驚きだ。
全長で１km近くあってもおかしくない。既に魔法師団、騎士団は戦っていた。
夢幻亀の足元、そして顔を狙って魔法を撃っている。
だが、夢幻亀はそれを気にすることなく歩き続けていた。
これから冒険者達も戦いに参加する。
前線組のリーダーはＳ級冒険者のガルドという人物だ。
「よし、俺達も行くぞ！」

ガルドはそう声を張り上げた。

「「「うおおおおおおおおおぉぉ!!!!」」」

冒険者達もそれに続いて、雄叫《おたけ》びをあげ、駆け出した。

『アレクシア、地上で戦うのは得策じゃない。《空歩》は使えるか？』

『もちろん。空中で戦うの？』

『ああ、騎士団と魔法師団で夢幻亀を転倒させようと、大量の罠《わな》を準備してあるらしい。そのチャンスを逃さないように、空中で状況を窺《うかが》うんだ』

『分かった』

そして、俺達は《空歩》を詠唱し、宙に浮かぶ。

ファフニールも一緒になって、空を飛んでいた。

上空から見ると、かなりの人数が夢幻亀に攻撃を仕掛けている。

だが、夢幻亀は何も気にした様子はなかった。

さて、まずは夢幻亀の情報をより正確に集めよう。

「《生体分析》」

《生体分析》は指定した対象の生体情報を分析する魔法だ。

これによって、夢幻亀の生体情報を手に入れる。

……だが、《生体分析》を用いても夢幻亀の甲羅の成分は謎に包まれていた。

あらゆる攻撃を無効にする効果を持つ甲羅。

それだけが分かった。甲羅に隠れた本体部分は脆《もろ》い。アレクシアの情報通りだ。

甲羅で守っている部分の耐久力を下げた分、露出した甲羅の部分の耐久力を上げている。

これらの情報をもとに、俺が考えた討伐方法は二通りある。

一つは、甲羅以外の部分を狙って少しずつダメージを蓄積させる方法。

もう一つは、甲羅をどうにかして、弱点である甲羅に隠れた本体を攻撃する方法。

一つ目の討伐方法の欠点は、甲羅に隠れられたらどうしようもないことだ。

そうなっては甲羅を対策するしかなくなる。

甲羅の下にある本体部分を攻撃するには、甲羅を除去するのが最も分かりやすい手段だろう。

でも、それが一筋縄ではいかないからこそ夢幻亀の討伐は非常に難しい。

甲羅を除去する具体的な方法が何も思いつかないからだ。

ただ、甲羅を背負った状態でも攻撃をすることは可能かもしれない、と思う。

東方の国では拳法という武術がある。

拳法の中の発勁《はっけい》という技術は人体の内臓を破壊するためのものだ。

これは『伸筋の力』『張る力』『重心移動の力』などの力を駆使して、可能にしている。

それを魔法で応用することが出来れば、甲羅を背負ったままの夢幻亀の弱点を突けるかもしれないが、そんな古代魔法はない。使うには即興で生み出すしかない。

古代文字《ルーン》はとても融通が利《き》きやすい。

試してみるのも一つの手だが、まずは甲羅以外の部分を攻撃してみよう。

あの甲羅の大きさを考えると、本体まで数百メートルはある。

それだけの距離、力を飛ばせるかと思うと、かなり難しいはずだ。

『アレクシア、一度夢幻亀の頭部を狙って、攻撃を仕掛けてみよう。ただの魔法ではなく、斬撃を与えられる《風雷刃《ふうらいじん》》とかなら夢幻亀にも通用するかもしれない』

《風雷刃》は雷を纏《まと》った風の波を発生させ、刃のように物を切断する魔法だ。

夢幻亀はその大きさから範囲魔法でないとまともなダメージを与えることは出来ないだろう。

『確かにやってみる価値はあるかもしれないわ』

俺とアレクシアは互いの顔を見合わせ、頷《うなず》いた。

『《風雷刃》』

夢幻亀の首元に雷と風の一閃《いっせん》が同時に二つ走った。

直撃する瞬間、首を覆う紫色の魔力の結界が現れ、防がれてしまった。
『アイツ……瞬時に結界を展開したのか?』
『……いえ、あれは常時展開されているわ』
アレクシアは夢幻亀の首元に指を向けた。
指先は震えていて、この事実に驚いていることが分かった。
首元には地上からいくつもの魔法が放たれている。
直撃しても無傷に見える夢幻亀だったが、薄《う》っすらと光る結界が見えた。
そう……皆の魔法は直撃すらしていなかったのだ。
そして、《風雷刃》を放った後、夢幻亀の目はジロリとこちらを見た。
明らかに敵と認識しているようだった。
次に、甲羅に小さい穴がいくつも空き、そこから筒のようなものが出てきた。
それは、まるでキャノン砲のようで、どれも斜め下、地面に向けられていた。
『魔力が溜《た》められている……! あれはまずいぞ!』
そして、その発射口がピカっと光り、線が走った。
ズドーン、と爆発が起きた。
魔法師団、騎士団、冒険者、関係なく、前線にいた者達は爆発に巻き込まれた。

『……これは凄《すご》いな』

爆風によって土埃《つちぼこり》が舞っているが、前線の魔力反応は一切途絶えていない。

結界魔法が多くの人を守っていたのだ。

そう、この場所で戦うことをわざわざ選んだのは、いくつもの準備が出来るという利点があったからだ。

夢幻亀からの最終防衛手段として、緊急用の結界の準備をしていたようだ。

ユンが夜通し作業していたのはこういった準備に関係しているのかもしれない。

「──万物を燃やす聖なる炎よ。悪《あ》しきを燃やし尽くせ。炎の六位階・セイントボルケーノ」

爆発の中から炎が渦巻きながら、俺に向かって放たれた。

「《水の波動》」

俺は瞬時に反応し、放たれた炎を打ち消した。

……さて、敵はどうやら夢幻亀だけじゃないようだ。

『アレクシア。少しの間、夢幻亀以外の敵の対処をしてていいかな』

『今の魔法のこと？』

『そうなんだ。どうやら穏便に済ませてもらえそうにないからね』

『分かった。その間、私が夢幻亀の倒し方を探しておくわ』

『ありがとう。助かるよ』

俺はファフニールにも同じように伝える。

『じゃあ後のことは任せたよ。アレクシアを守ってあげてね』

『それは別に構わんが、アレクシアの方が我より強いのではないか？』

『そんなことないって。頼りにしてるよ、ファフニール』

『ぐっ、我を乗せるのが上手《うま》くなったな！　ええい！　アレクシアは我が守ってやるわい！』

やけくそ気味のファフニールに俺は微笑《ほほえ》んで、視線を地上に移す。

俺は魔法が放たれた先に急降下する。

その人物は誰か、既に見当はついている。

「……父上」

「上手く避けたようだな」

ニヤリと父は笑った。周囲は父の魔法に気付いていない。

爆発で周囲は見えなかったし、轟音《ごうおん》で詠唱もかき消されていたことだろう。

「……いいえ、避けてません。水の魔法で打ち消しました」

「なんだと？　あれは六位階の高等魔法だぞ！」

父は驚いた表情を浮かべた。

現代魔法では位階という序列の表示がある。

魔法の難易度、威力によって位階は変動する。

一位階から十位階まで存在し、序列が大きいほど、難易度、威力も大きくなる。

「……父上、今は夢幻亀を討伐することが先決のはずです」

「では単刀直入に聞こう。アルデハイム家に戻って来る気はあるか？」

「……一度帰るだけなら」

「その後は自由にさせろ、ということか？」

俺は首を縦に振る。

「無理だな。ズバリ言おう。お前に与えられた選択肢は二つだ。私の言う通りの人生を生きるか、もしくはここで死ぬか、だ」

「……どちらも難しいですね。俺にも居場所が出来ましたから」

「お前ごときが居場所を？　ふっ、笑わせるな」

「父上、俺はどちらも選ぶことは出来ません。……それに話せば、分かり合えるかもしれません。思えば、親子の会話など、ほとんどありませんでしたから」

「ノア、私から言わせればお前に与えた選択肢のうちの後者がその答えだ」

父上の帯びる魔力の量が高まる。……やはり戦いは避けられないらしい。

「……分かりました。では場所を変えましょう——《隔絶空間》」

俺が魔法を詠唱すると、景色は一変した。

上下左右、どこを見ても白い不思議な空間が広がる。

此処《ここ》に存在するのは俺と父上だけだ。

「これは……まさか古代魔法か⁉」

「はい。異次元に空間を作製し、それを結界で覆いました」

「ふっ、周囲に人の目がなくなったのなら私としては好都合でしかない！　ここで貴様を始末してやるわ！」

「父上、待ってください！　話し合いましょう……！」

「問答無用だ！　——紅蓮《ぐれん》の爆発。原初の炎が全てを包み込む。炎の八位階・バーニングインパクト」

父上は力強く現代魔法を詠唱すると、爆炎が俺を包み込んだ。

「……さて、これで終わりか。ノアが死ねばこの空間も消えることだろう」

勝利を確信した父上は、一息ついた。

煙が薄れていくにつれ、人影が露《あら》わになっていく。

それに伴って、父上の表情は次第に青ざめていった。

俺は無詠唱で《魔力障壁》を使用していた。

「……父上、これ以上はやめてください」

「バ、バカな……！　八位階の魔法を容易《たやす》く打ち破るなんて……」

「話し合いましょう、父上。俺は家に戻ることになった事情も知らないんですから」

「……ふ、ふふ、ふははは！　お前に話すことなど何もない！　帰って来ないお前に用はない！　炎の八位階――」

父上は短縮詠唱を行い、本気で俺を殺すつもりだった。

どこか父上の感情は壊れているように見えた。

父上は俺のことを憎んでいる。そのことはなんとなく分かっていた。

父上から愛情は注がれなかったかもしれないし、育った環境も劣悪だったかもしれない。

だけど、俺は父上を憎めない。父親だからだ。

父上の説得は一筋縄ではいかないだろう。でも、出来るだけ穏便に済ませたい。

――だから俺は、父上と決別する覚悟を決めた。

「《記憶消去》」

父上は意識を失い、地面に倒れた。俺に関する記憶を父上から全て消したのだ。

これでもう父上は俺を憎むこともなければ、家に連れて帰ろうとすることもない。

「……さようなら、父上」

言葉では形容することの出来ない寂しさを感じながら俺は呟《つぶや》いた。

その言葉と共に俺は《隔絶空間》を解除した。

◇

ノアが《隔絶空間》にいる頃、夢幻亀の足元で赤竜騎士団が攻撃を仕掛けていた。

「テメェら！　夢幻亀の足をぶっ壊せ！　俺達の役目は弱点を狙う土台を作ることだ！」

赤竜騎士団の団長グレンは声を張り上げた。

「「「うおおおおおおおおぉぉぉぉぉ‼‼」」」

団員達はそれに鼓舞され、雄叫《おたけ》びを上げた。

「竜殺しの一撃ッ！」

グレンは大剣を振り回し、夢幻亀に何度も大技を仕掛けるが、弾《はじ》かれ続けていた。

力でねじ伏せてきたグレンがこんな敵と戦うのは初めてだった。

「なんつゥー硬さしてんだよコイツはァッ！」

あまりの硬さに激怒しながら、グレンは諦めず大剣を振り続ける。
「うわあああああぁぁっ！」
「止まれよおおおぉぉぉっ！」
しかし、夢幻亀もかなりゆっくりだが歩き続けている。
ただ歩くという行為だが、かなり有効な攻撃手段だった。
ゆっくりと降りてくる足の裏。
100mを優に超える足の裏から逃げ遅れる騎士も存在した。
その者達の悲鳴が周囲に響く。
踏みつぶされる。そう思い、同じ騎士団の人間は視線を逸《そ》らした。
――だが、そこにアレクシアが現れた。
『《魔力障壁》』
アレクシアは夢幻亀の足を止めていた。
もうダメだ、と絶望していた騎士達は突然現れた少女に驚いていた。
間に合ったのは上空から戦況を眺めていたからだった。
しかし、夢幻亀の足を止めるために出力される魔力はかなりの量だ。
少しの間止めるだけでも精一杯だった。

アレクシアは苦しそうな表情を浮かべたまま、必死に耐えていた。

「バカッ！　何やってんだッ！　この隙に早く逃げろ！」

「「は、はいっ！」」

騎士達はすぐさま逃げ出した。

それを確認したアレクシアは《魔力障壁》を解除し、再び上空へ浮かんでいく。

「なんだあの少女は……。魔法師団の制服は着ていない……。冒険者か？　……いや、そんなことはどうでもいい。あんな奴《やつ》が味方にいてくれる事実だけで十分だ」

グレンはすぐさま思考を切り替え、夢幻亀への攻撃を再開した。

「命懸けで国守るんだろうが！　家族や友人を守れるのはテメェらだけなんだぞ！　もっと気合い入れろォッ！」

「「「うおおおおおおおおおおおおぉぉぉぉぉぉぉっ――！！！！！！！」」」

アレクシアの介入のおかげで、赤竜騎士団の士気は更に高まった。

そして、上空へ浮かんだアレクシアは考える。

（こんな風に守っていてはすぐに限界が来る。夢幻亀にダメージを与えないと……）

そこでアレクシアはハッ、と攻撃手段を思いついた。

（あの発射口、魔力が込められていた。あそこならダメージを与えられるかもしれない）

そう考え、アレクシアは夢幻亀の甲羅へ移動するのだった。

◇
《隔絶空間》を解除後、地面に横になった父上に近くの魔法使いが気付いた。

《気配遮断》を使い、俺の存在がバレないようにする。

「ヒルデガンド様！　だ、大丈夫ですか⁉」

ローブを着た男性が父上に駆け寄り、大声で叫んだ。

「ん……私は一体何を……」

父上はすぐに意識を取り戻したようだ。

「何があったんですか⁉」

「……分からない。だが、ここで休んでいる場合ではない。夢幻亀を討伐しなければならないのだからな」

父上は立ち上がり、視線を夢幻亀に向けた。

父上の魔法はルーン魔法には届かずともかなりの戦力であることには間違いない。

……さて、俺もアレクシア達のもとへ戻るとしよう。

アレクシアとファフニールは夢幻亀に接近していた。

夢幻亀の甲羅から発現した発射口に魔法を放つつもりのようだ。

発射口に魔力が溜《た》められていたことから、弱点だと考えたのだろう。

アレクシアはそのまま発射口に向かって、紫の火炎を放った。

あれは俺も何度か使ったことのある《終極の猛火》だった。

これで発射口は爆発でもしそうなものだと思ったが、違った。

発射口に放たれた《終極の猛火》は何もダメージを与えることが出来ずに吸い込まれていってしまった。

まるで、その魔法を吸収するかのように。

……吸収？　その言葉が頭をよぎった。

夢幻亀はどうして人間達と対面したときに攻撃をしてこなかった？

対面した当初は発射口など無かった。

出現したのは、俺とアレクシアが《風雷刃《ふうらいじん》》を放ってから――。

……もしかすると、夢幻亀は魔法を吸収して、それを発射口から撃ち返しているのではないか？

そして、俺の憶測を裏付けるかのように、発射口に魔力が込められていく。

『アレクシア！　逃げろ！』

俺は叫んだ。だがアレクシアは逃げようとしない。

何をしているんだ？

逃げないなら俺が《空間転移》で移動して《魔力障壁》で……。

そう考え、詠唱しようとして気付いた。

《空間転移》で夢幻亀の甲羅まで移動できないことに。

結界が張られていた。

どうやら一定時間魔法を無力化し、結界外へ出られなくする効果だと俺は瞬時に理解した。少し疑問に思ったが、今はそんなことを気にしている場合ではない。

あの結界内でアレクシアはあまりにも無力だ。

アレクシアが今浮かんで見えるのは、結界の底に足をつけているだけなのだ。

夢幻亀は魔法を放った後、すぐに結界を展開したのだろう。

……ルーン族が敵《かな》わなかった理由が分かった。

絶対的な防御力と魔法を無力化する結界の存在。

これは……相性が悪すぎるな。

全ての発射口の先がアレクシアに向けられる。

あんなのをまともに受けたら無事でいられるはずがない。

……どうしたらいいんだ。
とにかく俺は甲羅に向かって、高速で移動する。
結界を破ればアレクシアを助ける方法はあるかもしれない。
そんな一縷《いちる》の望みをかけて、甲羅へと急いだ。
——しかし、発射口に十分な魔力が溜まった。
もうすぐに先ほどの光線が再び放たれる。
『アレクシアッ！』
俺は彼女の名前を叫んだ。
何か策は無いのか、と頭をフル回転させるが、見つからない。打つ手がない。
——そう思ったときだった。
『ノアよ。我の存在を忘れているのではあるまいな？』
ファフニールの声が聞こえた。そして、夢幻亀の上に巨竜が出現した。
『ファフニール！』
巨竜の姿に戻ったファフニールの口から火炎が勢いよく吐き出された。
首と体を回して、全方位に火炎の盾が展開された。
その直後、夢幻亀の光線が発射された。火炎の盾と夢幻亀の光線は拮抗《きっこう》していた。

しかし、打ち消すことは出来ずに、光線が火炎の盾を貫いた。

ファフニールはそれを見越していたため、既に次の行動へ移っていた。

巨大な体を上手《うま》く利用して、アクレシアに体を覆いかぶせ、包み込むように取りついたのだ。そして、光線がファフニールに直撃し、爆発が起きる。

爆煙が晴れると、傷だらけのファフニールが立っていた。

『ノア……次の攻撃が来たら流石《さすが》の我も厳しい。早くこの結界を解除してくれ』

『……ファフニール、本当にありがとう。後は任せてくれ。必ずこの結界を解除してみせる』

この結界は現代魔法でもルーン魔法でもない。

俺が今まで見たことのない種類の結界だ。

だが、それでも俺はこの結界を解除してみせる。

そのための『力』を俺はなんとなく自覚していた。

『ノア、急げ！　地上でとんでもない魔力を感じるぞ！』

ファフニールが言う通り、俺も地上から大きな魔力を感じた。上空からも見えるぐらいに大きな魔法陣が完成している。

……まさか第十位階魔法か？

魔力の大きさから分かるように、放たれれば夢幻亀が吸収し、とんでもない反撃が来るだろう。

残された時間は少ない。俺の見立てではあと3分ぐらいだ。

この3分間でファフニールとアレクシアの生死が決まる。

全てが俺にかかっている。とてつもない緊張感の中、俺は深呼吸をした。

――よし、早く結界を解除しよう。

まず、俺が真っ先に思い出したのは古代遺跡での出来事だ。

真っ白な世界で見つけた古代文字《ルーン》で書かれた一冊の本に、扉という古代文字《ルーン》を《刻印》すると、何もなかった壁に扉を出現させた。

あれは古代遺跡の仕掛けだったのか？

『――此処《ここ》まで辿《たど》り着けるのは権限を持つ者だけ』

ふと俺はアレクシアの発言を思い出した。曰《いわ》く、あの扉を開けられるのはルーン族でも地位の高い人達だけとのこと。そして、俺はそもそもルーン族ではないため、あの扉を開ける条件にはそのまま当てはまらない。

ならば、ルーン族の地位の高い人物が俺と同じような力を持っていたと考える方が理にかなっている。

俺は結界に触れ、目を閉じてみた。静かに集中力を高める。
あのとき、扉を開けることが出来たのはルーン族の遺跡があの力と関わりがあったから
こそ使えたのか？
もしくは、あそこで力が目覚めたか。……ま、関係ないな。
俺はあのときの力をここでも使うだけだ。
そう思った次の瞬間、視界が真っ白に変わった。

◇

一冊の本があった。ひとりでに本は開いた。
パラパラとページがめくられていく。
この本が一体なんなのかは分からない。
だが、とんでもない力を秘めている、と直感的に分かった。
記載されている内容は、予想通り目の前にある結界のことだった。
でも、言語が違う。古代文字《ルーン》ではない。
「これもめちゃくちゃ難しい言語だな……」
古代文字《ルーン》以来の難易度だ。でも関係ない。

《消印》で文字を消してしまえばそれで終わりだ。

そう思い、《消印》を使用したが、文字を消せなかった。

「嘘《うそ》だろ……」

ページの下部に古代文字《ルーン》が浮かび上がってきた。

《該当箇所の削除は不可能です。書き換え可能な箇所を選択してください》

浮かび上がってきた文字はしばらくすると、消えていった。

「書き換え可能な場所……。じゃあ場所によっては《消印》が可能ってことか？」

壁の扉のときと同じなら該当する文字を書き換えれば結界は解除出来るのだろう。

だが、それを行うには目の前の文字を解読しなければいけない。

古代文字《ルーン》の解読には約1か月かかった。

今回も正攻法で解読しようとするなら同じだけの時間がかかってもおかしくはないな。

だが、それだけの時間を解読にかけることは出来ない。時間はもう残り僅かなのだ。

「……いや、待てよ」

俺は目の前に羅列された未知の言語を眺めていて、気付いた。

自分の気付きが正しいのかを確かめるように、未知の言語を凝視する。

「……似てる。これは古代文字《ルーン》と似てるぞ……！」

まるで古代文字《ルーン》を参考に作られたようだ。

夢幻亀に倣《なら》って、これを仮に『夢幻文字』と名付けておこう。

『夢幻文字』は『古代文字《ルーン》』の表面だけを変えたようなもの。

これぐらいならすぐに解読できるはずだ。

構造や類似点を見つけて、言葉の意味を探ればいい。

「この文字が結界……。そして、この部分が結界の条件……」

呟《つぶや》きながら『夢幻文字』を解読する。

最初は分からなかった単語が少しずつ、明らかになっていく。

自分でも驚くほどの解読速度だった。

――よし、解読完了だ。

書き換えるべき箇所が分かった。

『展開』を《消印》。

『解除』を《刻印》。

これで結界の解除は完了したはずだ。

すると、本は閉じて、視界が戻っていく。

先ほど触れていた結界は確かに消えていた。

だが、喜んでいる場合ではないらしい。
結界が消えた瞬間、第十位階魔法が放たれた。
火、水、風、土の四属性が混ぜ合わさった巨大な魔法が夢幻亀に直撃する。
第十位階魔法に見合う大規模な魔法だった。
だが、これはまずい……！
『ファフニール！　結界は消えた！　一旦元の姿に戻ってくれ！』
『わ、分かったぞ！』
ポンッ、とファフニールが元の姿に戻った。
その瞬間にファフニールとアレクシアを抱きかかえ、
「《空間転移》」
《空間転移》を詠唱して、地上に移動した。
地上に足を着いてすぐに、第十位階魔法を受けた夢幻亀のカウンターが発動。
結界が展開されていた場所から水平に光線が流れていく。
辺りがざわざわとしだす。
移動してきたのは前線組と後方支援組の中間地点。
ここでは前線の補助をしている冒険者達が待機していた。

「あんなすげえ魔法をくらってあの亀はなんともないのか……⁉」

「どうすんだよ……こんなの倒せるわけねーだろ……」

同じような絶望が辺りに蔓延《まんえん》していた。

『アレクシア、大丈夫か？』

俺は抱きかかえていたアレクシアの様子を窺《うかが》う。

『大丈夫……。ノアのおかげで助かった。ありがとう』

『無事で何よりだよ。でもどうしてあんな状態に？』

『夢幻亀の弱点を突こうと発射口に魔法を使おうとした』

『なるほど、夢幻亀は弱点を突こうとしてきた者を倒していくんだな』

『そうみたい』

『あの大きな口から夢幻亀の内部に入って、内側から魔法を使おうかと考えたりしたけど、それだと今のアレクシアと同じ結果になってしまうだろう』

『だったらもう何も弱点がない……』

アレクシアは弱気になっていた。

先ほどの出来事で心が折れてしまうのは仕方ないことだろう。

『いや、勝機はある』

『えっ？』

驚きと期待が混じっているそんな目だった。

俯《うつむ》いていたアレクシアが俺の目をまっすぐに見た。

どうやらアレクシアはまだ戦えるみたいだ。

『でも、これは賭けでもある。さっき結界を解除したみたいに——俺は夢幻亀の甲羅を消せると思う』

それを聞いたアレクシアは口をポカーンと開けていた。珍しい表情だ。

『そんなことが出来るの……？　あの巨大な甲羅を……？』

『分からない！　でも出来る気がする！』

『……ぷっ』

アレクシアは口を押さえて噴き出した。

『ふふ、だから賭け？』

『そういうこと。でも甲羅を消そうとしているとき、俺は無防備になっていると思う。その間、アレクシアは俺のことを守って欲しい』

『でも、結界が展開されたら魔法を使えないし、そうなったら守れない』

『大丈夫。結界は解除されてから10分間、再び展開されることはないから』

『どうしてそんなことが分かるの？』

『書いてあったんだ。説明は省くけど、確かな情報だよ』

先ほど結界を解除するときに条件は全て確認済みだ。

『分かった。信じる。じゃあ結界を解除してから10分間で甲羅を消すってこと？』

『ああ。その10分間、無防備の俺をアクレシアに守って欲しいんだ』

『……できるかな』

アクレシアの表情には不安の色があった。

先ほどの出来事でアレクシアの自信は少々喪失してしまったのだろう。

『アレクシアなら安心して任せられるよ。アレクシアの方こそ、俺なんかを守っていいのかい？　俺はそっちの方が心配だよ』

『うん。ノアは絶対に死なせたくないもの』

『ははっ、ありがとう。俺もアレクシアは死なせないよ、甲羅を消して、必ず夢幻亀を倒すさ』

『でも……私がノアを守れるかは別で……』

アレクシアは不安そうに目を下に向ける。

俺は彼女の肩に手を置く。

『大丈夫。俺達なら出来る。そう信じるんだ』

『……どうして、そんなに信じられるの？』

『出来ることをやるだけだよ。そして出来ると思ったことなら後は自分を信じるだけだから』

『自分が出来ること……。私に出来るかな？』

『出来るさ。ここにいる人達の中で一番アレクシアを信じてるよ。アレクシアが無理なら誰にも出来ない』

『……分かった。やってみる』

『よし、決まりだ』

俺達は立ち上がって、夢幻亀を見た。

やはり夢幻亀は山のようにデカい。

だけど、俺とアレクシアの二人ならきっと倒すことが出来るはず。

俺はそう確信している。

◇

第十位階魔法を放った第1魔法師団の本部では、この事態に大きく動揺していた。

「第十位階魔法が効かないだと⁉」

「あんな化物に勝てる訳ねぇ……！」

絶望していたのは団員達だけではない。

第十位階魔法を放った団長ローレンス自身も絶望していた。

「馬鹿な……。あの第十位階魔法をくらって無傷だと……。は、ははっ……こりゃもう手に負えねえな。終わりだよ、この国は」

ローレンスは地面に力なく座り込んだ。

「ローレンス様……我々はこの後、どうすれば……」

「……足止めぐらいしか出来な……いや、待て。……そういえば、開戦してすぐに強力な魔法を撃った二人組がいたな。あれは別格の実力者だった。……もしかするとあいつらなら……」

ローレンスは立ち上がり、拳を握りしめた。

「お前ら！　諦めるにはまだ早い！　第十位階魔法が効かなかったとしても俺達はこの国を守る者として使命を全うするぞ！」

ローレンスは第１魔法師団の団員を、そして自分を鼓舞するように叫んだ。

「「「――はっ！」」」

そこにはもう勝利を諦める者はいなかった。
だが、戦況は既にノアだけが頼りになっていた。

◇

『それじゃあ夢幻亀の甲羅の上に乗るよ』
『……分かった』
『緊張してる？』
『大丈夫。……ノアが私を守ってくれたように、私もノアを守る』
『ははっ、心強いよ』
アレクシアがいてくれたら出来ないことなんてないような気がした。
それぐらいに心強かった。
『準備は良《い》い？』
『うん』
『よし、じゃあ行くよ――《空間転移》』
夢幻亀の甲羅の上に着地する。
ほんと、とんでもないデカさの甲羅だな。

『結界が……』
アレクシアが呟《つぶや》いた。
獲物を捕らえるかのように俺達の周囲に結界が展開されていた。
結界に触れる。そして、本の力を使って、解除する。
『凄《すご》い……もう解除された』
『さて、ここからが本当の勝負だ』
俺は甲羅に両手を置いて、本の力を使用した。
現れる本。めくれていくページ。
開かれたページには、結界のときとは比べ物にならない量の文字が羅列されていた。
だが、妙だ。書かれている内容がおかしい。
「暗号化されているのか」
本当にかなりの守備力だ。結界のときのようにはいかないな。
それぐらい、この甲羅は夢幻亀の要になっているのだろう。
暗号を解いて、文章を理解して、甲羅を消す。
この作業を10分以内に行う必要がある。
「俺の才能は翻訳。暗号を読み解くのぐらい朝飯前だ」

翻訳の才能は伊達《だて》じゃない。暗号化された文章ぐらいすぐに読み解くことが出来る。

1分経過、甲羅に関する暗号全ての解読に成功。

「あとは《消印》で……」

そこで俺は気付いた。《消印》で消す文字量の多さに。

甲羅を消すとき、《消印》しなければいけないものは甲羅を構成している文字全てだ。

つまり——この膨大な文字全てに《消印》をする必要がある。

「間に合うのか……？　いや、間に合わせるしかない！」

俺は《消印》を何度も詠唱し、全ての文字の削除に取り掛かり始めた。

◇

『《魔力障壁》』

アレクシアはノアの横に立ち、周囲から放たれる夢幻亀の魔光線を防いでいた。

既に魔法師団は魔法での攻撃を止めている。

それでも夢幻亀が攻撃を仕掛けてくる理由は明白だった。

甲羅に危険が迫っていることを本能的に察知しているのだ。

『焦《あせ》ってるみたい。さっきよりも威力がある。……でも、自分の命に代えても……守り抜

いてみせる』

アレクシアの魔力はノアに比べると、少し劣る。残りの魔力はギリギリだった。

この勢いで四方八方から夢幻亀の魔光線を放たれたら、10分間守り切ることは出来ない。

それはアレクシアも承知の上だ。

『《生魔変換》』

アレクシアは《魔力障壁》を展開しながら、もう一つの魔法を多重詠唱で使用した。

《生魔変換》は生命力を魔力に変換する魔法。

アレクシアは言葉の通り、自分自身の命と引き換えに魔法を使用するつもりなのだ。

『ぐっ……』

身体《からだ》から力が抜けていく感覚。

脱力感に加え、激しい頭痛と吐き気がアレクシアを襲う。

それでもアレクシアは魔力の変換を止めない。

『絶対に……守る……！』

ノアを守るという強い意志だけがアレクシアを突き動かしていた。

『我も負けておられんな』

ファフニールはアレクシアの姿を見て、空に向かって急上昇する。

そして、遥《はる》か上空から急降下。そのまま夢幻亀の側面へ体当たりする。

『ぐはっ……！　分かってたはいたが、とんでもない反動だな……。しかし、それだけの価値はあった！』

夢幻亀の巨体が一瞬、止まり、揺れ動いた。

バランスをとるためにしばらくの間、ノアとアレクシアへの攻撃が止《や》んだ。

『……ノア、後は任せたぞ。もう攻撃するだけの体力は残っておらんわ』

ファフニールは再び小さい姿となり、地面へと落ちて行った。

◇

ファフニールの攻撃で初めて怯《ひる》んだ夢幻亀。みんなはここがチャンスだと言わんばかりに一斉攻撃を仕掛ける。

「今がチャンスだ！　騎士団共ォ！　夢幻亀を転倒させるぞ！」

「「「うおおおおおおおおぉぉぉぉ‼‼」」」

赤竜騎士団の団長グレンが他の騎士団にも指示を出し、夢幻亀の足への攻撃が行われる。

「我々冒険者も騎士団の加勢に入るぞ！」

「「「うおおおおおおおおぉぉぉぉ‼‼」」」

Sランク冒険者の一人がその場で指揮をとり、最も適切な指示を出した。

「魔法師団員は騎士と冒険者達に強化魔法をかけ続けろ！　どうせ夢幻亀に魔法は効かねえんだ！　今日ぐらいあいつらに花を持たせてやれ！」

「「「はっ‼‼」」」

第1魔法師団の団長ローレンスの指示に魔法使い達は従い、ほとんどの騎士と冒険者の身体能力は強化されていた。ラスデア国の底力を感じさせる連携力だった。

第1魔法師団の指揮をとるローレンスのもとにヒルデガンドが現れた。

「む、ヒルデガンドじゃねえか。こんなところでどうしたんだよ」

「ローレンス、夢幻亀の甲羅の上から大きな魔力を二つ感じないか？」

「大きな魔力？　……夢幻亀と重なって気付かなかったが、確かに感じるな」

「私はその者達がこの戦いの鍵ではないかと思っている。だが、一方はかなりの勢いで魔力が減っている。緊急事態が起こっているのかもしれない」

「……はは、そういうことか。分かった。魔法師団の指揮は俺に任せろよ」

ローレンスとヒルデガンドはお互いが師団長を務めていることもあり、長い付き合いだ。だからこそ、ローレンスはすぐにヒルデガンドの意図に気付いた。

「では任せたぞ」

ヒルデガンドは甲羅の上を見た。
「――上昇する炎よ。我を導きたまえ。炎の五位階・バーニングドリフト」
地面から現れた炎の渦がヒルデガンドを乗せて、甲羅の上まで運んでいく。
甲羅の上に着地したヒルデガンドは目の前の光景を見て、呆然《ぼうぜん》と立ち尽くした。
「……レイナ」
ヒルデガンドは亡《な》き妻の名前を呟いた。
ノアの姿が亡き妻に重なったからだ。
しかし、記憶を失ったヒルデガンドはノアを自分の息子だと気付かない。
（いかんな……。なぜかあの少年がレイナに見えてしまった……）
ヒルデガンドは目元を押さえ、ノアとアレクシアに近付く。
現在、夢幻亀の攻撃は止まっており、近づくには絶好のタイミングだった。
『ハァ……ハァ……』
アレクシアは肩で息をしていた。
生命力を魔力に変換する過酷さは尋常ではない。
ヒルデガンドから見てもアレクシアが疲労困憊《ひろうこんぱい》していることは容易に分かった。
「君、大丈夫か？」

ヒルデガンドは声をかけた。アレクシアの疲れた目にヒルデガンドが映る。

ヒルデガンドの発言の意図を理解したアレクシアは首を縦に振った。

「……そうは見えないな」

そう呟いたとき、夢幻亀の攻撃が再び始まった。

「こっち、きて、はやく」

アレクシアは自分が分かるだけのラスデア語を使い、ヒルデガンドがこちらに来るように指示を出した。

「うむ。分かった」

ヒルデガンドは指示通り、アレクシアのそばに近寄る。

『《魔力障壁》』

アレクシアは再び《魔力障壁》を周囲に展開する。

《生魔変換》も同時に使っており、着々とアレクシアの生命力は失われていく。

「……まさか、生命力を魔力に変えているのか……そんな魔法があるとは驚きだ」

ヒルデガンドはアレクシアの現状を正確に分析した。

《生魔変換》自体を知っているわけではなかったが、疲労困憊のアレクシアと残っている魔力を見ての分析だ。

「ふむ。私の魔力を渡そう」

ヒルデガンドは、現状で目の前の少女の魔力が尽きることが最もよくないことだと考えての発言だった。

アルデハイム家の者は先祖代々、豊富な魔力に恵まれた体質である。

そのため、アレクシアに渡すだけの魔力は十分にある。

ヒルデガンドはアレクシアの肩の上に手をかざした。

すると、手の平から淡い紫色の光が現れた。

これによって、ヒルデガンドの魔力がアレクシアに譲渡された。

魔力の譲渡は高難易度の技術。

正確な魔力制御と他人に渡せるほどの豊富な魔力が無いと不可能なため、出来る魔法使いは限られている。

「……ありがとう」

アレクシアはぎこちないラスデア語でお礼を述べた。

ヒルデガンドのおかげでアレクシアは一時的に《生魔変換》を中断させることが出来たからだ。

だが《生魔変換》で失った生命力は少なくない。

今も意識が朦朧《もうろう》としており、アレクシアの視界は霞《かす》んでいる。

『ノアは……死なせない……！』

アレクシアの言葉を聞いて、ヒルデガンドはハッと目を見開いた。

「ノア……？」

ルーン語もラスデア語も人の名前の発音は変わらない。

アレクシアがなにを話したのかは分からなかったが、ヒルデガンドは『ノア』という単語に強烈な反応を示した。

そして、ヒルデガンドは横に視線を動かす。

そこには目を閉じて、両手で夢幻亀の甲羅に触れているノアの姿があった。

（……何か忘れているような気がする。ノアはこの少年の名前か……？　ノア、ノア……

ぐっ、頭が……！）

ヒルデガンドは頭を押さえた。

魔力が少なくなってきたことで頭痛が引き起こされた。

しかし、それが刺激となったのか、ヒルデガンドはノアによって削除された記憶の一部が復元された。

（ノア……まさか、この少年は私とレイナの子供なのか……？）

復元された記憶は波紋のように伝播《でんぱ》する。

次々と失われた記憶が復元されていく。

（才能がないノアを恨み、手にかけようとまでしていたのか……）

ヒルデガンドは冷静に自分自身の記憶を振り返った。

（私はレイナを失った悲しみから逃げるためにノアを利用していたのだな……。なんて酷《ひど》い親だ。これでは亡くなったレイナが浮かばれないではないか。本当にレイナを愛していたのなら……私はレイナが残してくれたノアを心の底から愛してやるべきだった。……だが、そんなことを今更分かっても手遅れだ。私に出来ることはただ一つ。けじめを付けることだけだろう）

結界再展開まで残り2分。

ヒルデガンドはこれ以上、魔力を譲渡すれば命の危険に晒《さら》されることとなる。

それでもヒルデガンドはアレクシアに魔力を譲渡し続けた。

「……ぐ、ぐぬぬ！」

ヒルデガンドは苦しそうに表情を歪《ゆが》める。

「やめ、たほうが、いい」

アレクシアは慣れてないラスデア語でヒルデガンドを心配した。

「……ふ、ふふ、ここでやめては君が無茶をするだろう？　だから代わりに私が無茶をする。ただそれだけの話だ」

アレクシアはヒルデガンドの言葉の意味を全て理解することは出来ない。

だが、彼の覚悟が相当なものであることだけは理解出来た。

──そして、10分が経過しようとしたとき。

『アレクシア、遅くなったな！』

ノアが意識を取り戻した。

一度でも詠唱を間違えれば、制限時間に間に合わない状況下でノアは一つのミスをすることもなく、《消印》の高速詠唱をやり遂げたのだ。

◇

「《消印》《消印》──よし、完了だ！」

これで夢幻亀の甲羅は消える。

後は、弱点が露《あら》わになったところに俺の最大火力をぶつけるだけだ。

本はペラペラと自然に閉じて、視界が開けた。

『アレクシア、遅くなったな！』

俺は隣にいたアレクシアを抱きかかえた。

『ううん、大丈夫。ノアなら絶対にやってくれると信じていたから』

少しずつ薄れていく夢幻亀の甲羅。

その中で俺は予想もしていなかった人物の姿を目撃した。

「ち、父上⁉」

俺は思わず「父上」と言葉を発してしまった。

だけど、そんなことは今どうでもいい。それより父上の魔力は残り僅かだったのだ。

意識を保つだけでやっとというぐらいに枯渇《こかつ》していた。

「……ノア、すまなかったな」

そんな父上の口から発せられたのは謝罪の言葉だった。

「え、ノアって……も、もしかして……」

「……全てを思い出したのだ」

「で、でもそれならどうして謝罪を……？」

「……ふふ、やっと私はお前を愛せる。最後にお前のためになれて良かった」

父上は力無くそう言うと、夢幻亀の甲羅が消え、落下していった。

「父上ッ！」

俺はそう叫び、父上のローブを摑《つか》んだ。

「……ノア、放しなさい」

「出来ません……父上」

「みんなが作ったチャンスを私一人の命のために無駄にするな」

「それでも……俺は……」

俺がそう言うと、父上は目を閉じて、ふっ、と笑った。

――そして、父上は自らローブを脱いだ。

「ノア、夢幻亀を倒せ……そして、長生きしなさい」

父上は今まで見せたこともない優しい笑顔で落下していく。

しかし、同時に夢幻亀の甲羅は再生を始めていた。

この千載一遇のチャンスを逃せば、夢幻亀を倒すことは出来ない。

二つを手に入れることは出来ない。

だから……ここで、夢幻亀は倒さなくちゃいけない。

目頭が熱くなり、視界が滲《にじ》む中、俺は夢幻亀を倒す決意をした。

「……父上の覚悟、無駄にはしません」

甲羅が再生される前に夢幻亀の巨大な体を滅ぼさなければならない。

だが、それは夢幻亀も同じこと。
自らを滅ぼす脅威を抹殺すれば、甲羅を再生して、また無敵の存在になれる。
夢幻亀は大きな魔法陣を展開した。
中心にとてつもない魔力が込められる。
『ノア……あれはまずい……』
隣で浮かぶアレクシアは震えた声をあげた。
『大丈夫。俺に任せて』
アレクシアにそう語りかけた。
大きな魔法陣の中心に膨大な魔力を凝縮した黒い球体が出来た。
そして、一気に膨張。
破裂し、巨大な黒色の光線となって、俺に放たれた。
だけど、焦《あせ》りはない。
お前の手の内はもう分かっているから。
「夢幻亀――お前の力、使わせてもらうよ」
世界は文字で出来ている。
きっと【翻訳】なら万物を創造してしまうだろう。

甲羅に『夢幻文字』で書かれていた夢幻亀の最強のカウンター技。
それを俺は『古代文字《ルーン》』に【翻訳】し、独自のものにしてみせる。
「《夢幻砲》」
夢幻亀が使っていたキャノン砲を俺は目の前に具現化させた。
能力は夢幻亀と同じ。魔法吸収の能力を持つ。
具現化した瞬間に、キャノン砲に黒色の光線が一気に吸収されていく。
衝撃で発生する強風を受け、俺はキャノン砲の照準を夢幻亀に合わせた。
「終わりにしよう、夢幻亀」
吸収した魔法を全て跳ね返す、光芒一閃《こうぼういっせん》。
夢幻亀の大きな体を貫くように、一閃が走り、巨大な光線へと変化を遂げた。
「ゴワアアアアアァァァァァァァ!!!!!!」
夢幻亀のとてつもない大きさの悲鳴が響いた。
そして、悲鳴の終わりと共に光線は消滅。
夢幻亀の体にぽっかりと大きな穴が出来ていた。
夢幻亀はゆっくりと、崩れるように倒れていく。
ドスン、と大きな音と風圧が発生し、地面が揺れた。

かなりの質量を持った物体が地面に落ちたことを周囲の人間は実感した。
「た、倒した……」
「夢幻亀を倒したぞおおおおぉぉぉ！！！」
「英雄の誕生だあああぁぁぁぁっ！」
絶望から一転し、周囲は喜びで溢《あふ》れていた。
みんなが大声を出して、抱きしめ合った。
そこに騎士、魔法使い、冒険者など関係がなかった。
同じ窮地を乗り切った戦友として、喜びを分かち合っていた。
夢幻亀を倒した。
……だというのに、視界がぼやけて仕方ない。
素直に夢幻亀を倒したことが喜べなかった。
『……優しい笑顔だった』
アレクシアはそう呟《つぶや》いて、手の平を俺の頬に寄せた。
『そうだね。……実はあの人、俺の父親なんだ』
『……魔力が尽きかけていた私を助けてくれた。良《い》い人』
『ああ……俺もそう思うよ』

父上が根っからの悪人ではないことを俺は知っている。

【翻訳】の才能が判明するまで、父上が俺に注いでいた愛情は本物だったのだろう。

だが、父上は高位貴族としての立場や責任がある。

それに、母上のことも関係して、色々と拗《こじ》れてしまったんじゃないかと思うのだ。

……だからこそ俺は15歳になるまで古代魔法の存在を隠し、実家を自ら出ることもしなかった。

「やり直せるかもしれない」という淡い期待があったからだ。

それがこんな結末になるなんて……悔しい限りだ。

『ノア』

アレクシアの手に力が入った。俺の視線がアレクシアの顔に向けられる。

だが、アレクシアの顔は俺の想定以上に接近していた。

『アレクシ――』

唇に柔らかいものを感じた。

アレクシアの唇が重ねられた、と理解するのに少し時間がかかった。

花の蜜のような甘い香りが鼻孔をくすぐる。

時が止まって、静寂に包まれているような錯覚に陥る。

そして、少ししょっぱい。涙の味がした。
アレクシアの顔が遠くなる。彼女の頬は赤く火照《ほて》っていた。
多分、俺も同じだと思う。
地上からの歓声で俺は我に返った。
『え、えーっと、これは……』
『……キス』
『は、ははっ、そ、そうだよな。キス……だよな』
『……わ、私は父からキスは大切な人に愛情を伝える手段だと教えてもらった』
『む、昔からキスの意味って変わらないんだな』
絶対そんな感想を言う場面ではないだろう。発言してからそう思った。
『……うん。だ、だから……私が伝えたいことは……ノアは一人じゃないよ』
目線を下に向けながら、アレクシアは言った。
『アレクシア、ありがとな』
きっと、アレクシアは泣いている俺を気遣ってくれたのだろう。
その優しさが胸に染《し》みた。
『ううん。最初にそう言ってくれたのはノアだから』

『……俺、そんなこと言ったかな』

『一人にはさせないって言ってくれた』

『……あー、そういえば言ってたな』

『……まさか忘れてたの？』

背筋がゾッとした。

『わ、忘れてた訳じゃないよ。すぐに思い出せなかっただけというか、なんというか

……』

『……ふーん』

ジトーっとした視線が俺に刺さる。俺はアレクシアの顔を直視できなかった。

今は慰められてるのか、責められてるのか、どっちなんだろう。

そんなことを疑問に思った。

『と、とりあえず地上に降りようか』

『……分かった』

アレクシアは頬をぷくーっと少し膨らませていて、あまり納得していない様子だ。

地上に降りると、凄《すご》い数の人が集まってきた。

俺とアレクシアが中心で、そこからある程度周囲の人達との間に距離が取られている。

「夢幻亀を倒してくれてありがとおおおぉぉぉ‼」

「あんたはラスデアの英雄だよ‼」

「英雄万歳っ‼」

とても多くの人達から感謝の言葉が飛んできていた。

俺はその光景に目を丸くしていた。

『ノア、私からもお礼を言わせて。――父の仇《かたき》をとってくれて、本当にありがとう』

『……ああ、どういたしまして』

身近な人の感謝の言葉でようやく現実感が湧いてきた。

そうか、俺は沢山の人達の命や生活を守ることが出来たんだな……。

◇

「こりゃ驚いた……」

ローレンスは呟き、息を呑《の》んだ。

「夢幻亀の甲羅を消したと思ったら、間髪入れずに第十位階魔法並み……いや、それ以上の魔法を放ちやがった。……くくっ、規格外すぎて笑えてくるぜ――なぁ、ヒルデガンド」

ローレンスは上方を見た。

上空5mほどのところでヒルデガンドが宙に浮かんでいた。

落下するヒルデガンドをローレンスが魔法で助けていたのだ。

「……よく人助けをする魔力が残っていたな」

「ま、俺は第1魔法師団の団長だからな。……あの少年、お前の息子だろ？」

「……違う。私は父親と呼べるようなものではない」

「10年……いや、もうちょい前だったかな。一度王都に来たことがあっただろ？ そのとき、お前が自慢の息子だと紹介していたのを思い出してな。お前にしては珍しく良い笑顔を浮かべてたもんだから、とても印象的だったんだ」

「……そんなこともあったな。……だが、私は父親失格だ」

「他人様《ひとさま》の家庭の事情にとやかく言うつもりはないけどよ。お前がどんなことをしていたとしても、あの子にとって、お前はどう足掻《あが》いても父親なんだぜ？」

「……それは私が決めることじゃないな」

「やれやれ、頑固な奴《やつ》だ」

不器用すぎるヒルデガンドを見て、ローレンスは呆《あき》れたように笑った。

第六章『ハズレ才能だけど英雄になった』

『夢幻亀が倒されたか……』

暗い空間に水晶が浮かんでいる。

『ノア、それにアレクシアというルーン族の少女。なかなかに興味深い。ルーン族は既に滅んだと思ったが、どうやら見当違いみたいだ』

水晶は白い光を帯びていて、ノアの姿が映っている。

黒い外套《がいとう》に身を包んだ闇の精霊が水晶を覗《のぞ》いていた。

『ルーン魔法で夢幻亀の甲羅を消すことは不可能だ。となると、あの能力は世界の書か。ならば目的と方針を変えた方が良いだろう。ノア達を狙うほうが一つずつ国を滅ぼしていくよりも都合がいい』

結論に辿《たど》り着《つ》いた闇の精霊は水晶を握りつぶした。

水晶は粉々になり、パラパラと光の粒が落ちていく。

『……クックック、世界の書の所有者がノアならば手に入れるのは容易《たやす》い。そして、世界の書を我が物にしたとき——世界は滅びるだろう』

◇

夢幻亀を討伐した後、俺は多くの人達からの称賛を浴びながら帰路についた。

夕方ぐらいにユンの屋敷に戻ってきて、やっと落ち着けそうだった。

リビングのソファーに俺とアレクシアは疲れ果てた様子で座っていた。

ファフニールも俺の膝の上でうつ伏せになっている。

扉が開いて、ユンがやってきた。

「みんなすごいわ！　大活躍だったみたいじゃない！　もう街中でノアのことが噂《うわさ》になってるわよ！」

「俺の噂……？」

「ええ。ラスデアの英雄現る！　って感じで冒険者達が語ってるわ。夢幻亀を倒したことでどこもお祭り騒ぎね。なんと明日からは凱旋《がいせん》パレードが開催されるらしいわ！」

「はは、それは楽しそうだな」

「あれ、他人事？　その凱旋パレードの主役はノア達よ？」

「……ん？　主役？」

「なに驚いた顔をしてるのよ！　ノア達以外に務まる人いないでしょ」

「そうなのか……」

「ええ、もちろん！　明日は忙しくなるわね！　今日の内にゆっくりと身体《からだ》を休めておきましょう！」

凱旋パレードか……。初めて参加する行事だ。

とても愉快で楽しそうではあるのだが、その主役が俺とはなんだか複雑な気分だな。

『ねえノア、ユンはなんて言ってるの？』

『明日は凱旋パレードがあって、その主役が俺達なんだとさ』

『凱旋パレード？　それはなに？』

『戦いに勝ったことを祝う行事みたいなものだね』

『なんだか楽しそうだわ』

『とても愉快で賑《にぎ》やかな行事だと思うよ』

『……美味《おい》しいもの食べれるかな』

『ははっ、本当にアレクシアは現代の食べ物が好きだね。沢山食べれると思うよ』

『……ふふ、楽しみ』

アレクシアは目を輝かせた。

「しかし、本当にすごいわね！　あんな化物倒しちゃうなんて信じられないわ！」

興奮がまだ冷めない様子でユンはとてもはしゃいでいる。

「俺達だけの力じゃないさ。色んな人に助けられて夢幻亀を討伐出来たんだ」

「それでも夢幻亀討伐に大きく貢献したのは間違いなくノア達よ！　ノアの功績を考えると、勲章やとんでもない額の報酬が与えられそうだわ！」

「……別にいらないな」

「あら、本当に欲がないわね。勲章だけでなく爵位なんかも与えられる可能性が高いわ。冒険者ギルドの等級も一気に上がるでしょうね！」

「冒険者ギルドの等級に関しては別に問題ないと思うんだけど、爵位とか貰《もら》って貴族になったりしたら色々面倒事が多そうだなぁ……」

世界を旅して回るという当初の目的から外れてしまう。

それに……今回の一件は闇の精霊が関与している可能性が高いとみている。

もしそうだとすれば、夢幻亀を討伐したところで何も変わらない。

闇の精霊を倒さなければ根本的な解決にはなっていないのだ。

「まあノアは冒険者だものね！　貴族社会はめんどくさいことも多いから、もし爵位の授与があったら辞退すればいいと思うわ」

「それじゃあ、もしそうなった場合は辞退させてもらおうかな」

「……ええ。もう今日はゆっくり休むといいわ」

ユンはアレクシアを見て、微笑《ほほえ》むと小さな声で話した。

俺も同じくアレクシアに視線を移してみる。

スー、スー、と眠りについていた。

アレクシアだけでなくファフニールも同じように疲れて眠っていた。

「……そうだな」

こんなとこで寝ていたら風邪をひいてしまいそうだ。

せっかく明日は凱旋パレードでアレクシアも楽しみにしているんだから。

アレクシアとファフニールをベッドまで運んだ。

そして、俺もそこで糸が切れたようにベッドに沈んでいった。


翌日、ユンの屋敷の前に大勢の馬車が並んだ。

このあたりの連絡などはユンが全部やってくれたみたいだ。

何から何までユンにはとても世話になっているな。

馬車には各騎士団、魔法師団の代表が乗っていた。

楽師達もいて、手にはラッパを持っていた。

ほとんどは師団長が出席しているのだが、第2魔法師団だけは違っていた。

多分副師団長だろう。俺とアレクシアは最後尾の屋根のない豪奢《ごうしゃ》な馬車に乗る。

ファフニールはユンの屋敷でお留守番だ。

昨日の疲れが取れてないらしくて、まだ眠っていたいらしい。

凄《すご》い頑張ってくれてたもんなぁ……。

帰って来るときに何かお土産でも買って来てあげよう。

果物とかあげると喜ぶかもしれない。

「ノアとアレクシア！　楽しんできてね！」

下でユンが手を振って見送っていた。

「ああ、楽しんでくるよ」

「うんうん！　そんな感じで国民達に手を振ってあげるといいわ！」

「分かったよ。ありがとう」

馬車はある程度王都を回って、最終的にラスデア城に着くみたいだ。

楽師達はラッパを奏《かな》でた。

愉快な音色が周囲に響く。

「この国を守ってくれてありがとう！」

「騎士団、魔法師団、すごいぞー！」

屋敷からしばらく馬車を走らせていくと、前方から歓声が聞こえてきた。

通りに人だかりが出来ている。

『凄い歓声だな』

アレクシアに話しかける。

『みんな凄く感謝してるのが伝わってくる』

『そうだね。本当に夢幻亀を倒せてよかったよ』

そして、国民達が俺とアレクシアの姿を視界に入れると、更に歓声が大きくなった。

「ラスデアの英雄ノア様、アレクシア様！　ありがとう！」

「すげえー！　あれがラスデアの英雄かー！」

「アレクシア様！　かわいいー！」

わー！　わー！　と、凄い量の歓声が聞こえてくる。

『みんな私達の名前を呼んでる。……なんだかとても嬉《うれ》しい』

『嬉しいよね。俺達も手を振って、歓声に応えてあげよう』

目立つのはあまり好きじゃないが、これはとても気分がいいものだと思った。

人から認められるのは嬉しいことだから。

……父上にもちゃんと認めてもらいたかったな。

そんな思いがよぎったが、首をぶんぶんと横に振って、考えないようにした。

そして、馬車は王都の中を回って、ラスデア城に到着した。

王様と謁見するために、城内を移動する。

どうやらユンの言う通り、俺達に勲章が授与されるらしい。

城内に仕えている者達は廊下の端に寄り、道を空けた。

城内は流石《さすが》と言うべきか、とても煌《きら》びやかだ。

アレクシアは珍しそうに城内のあちこちを見ていた。

案内をしてくれているのは第1魔法師団の団長ローレンスさんだ。

とても気さくで話しやすい方で、父とは旧知の仲なのだそうだ。

そのことをさっき話された。

小さかった頃の俺とも会ったことがあるらしいが、俺は何も覚えていなかった。

「そういえばノア君、ヒルデガンドは夢幻亀を倒した後、父親失格だと自分の過《あやま》ちを責《せ》めていたよ」

「……え？」

ローレンスさんの言葉の意味を理解するのに時間がかかった。

「あれ？　もしかして死んだと思ってたのか？」

「は、はい！　……でも、生きてて本当に良かった」

目頭が熱くなって、視界がにじんできた。

『どうしたの？』

アレクシアが心配そうに声をかけてきてくれた。

『……嬉しくて涙が出たんだ。俺の父親が生きていたんだ』

そっとアレクシアは俺の手を握った。

『よかった。私も自分のことのように嬉しい』

『ありがとうアレクシア』

涙を拭う。アレクシアとローレンスさんは優しく微笑んでいた。

「ま、近いうちに会えるさ。会って、親子の溝を埋めればいい」

「……ローレンスさん、ありがとうございます」

「礼を言うのはこっちの方だよ。ノア君がいなかったら、こうして平和も訪れていなかったわけだからな。……と話しているうちに着いたようだ」

ローレンスさんはそう言って、謁見の間の扉をゆっくりと開いた。

入り口から玉座まで赤い絨毯《じゅうたん》が延びている。

謁見の間には多くの貴族が集まっていた。

服装や雰囲気などからこの国の重鎮なのだろうと感じた。

ローレンスさんは玉座から少し離れた位置でゆっくりとした動作で跪《ひざまず》いた。

俺とアレクシアもそれに倣《なら》う。

「面《おもて》を上げよ」

声の通り、顔を上げる。

玉座にはラスデア国の王様が腰を下ろしていた。

そして、その付近に見覚えのある顔を見つけた。

アルデハイム領を出るときに助けた少女だった。

「此度《こたび》は夢幻亀の討伐、ご苦労だった。ノアとアレクシアがいなければ、ラスデアは滅んでいただろう。ラスデアを救ってくれて、本当にありがとう」

王様は頭を下げた。

「さて、我は其方《そなた》達の功績に見合う勲章と報酬を与えねばならん。だが、その前にノアよ。我が娘クローディアの顔に見覚えはないか？」

「……あります。ウィンドタイガーと対峙《たいじ》していたところを手助けしました」

「ノア様、申し遅れましたが、私、ラスデアの第二王女のクローディアと申します。あのときは助けていただき、誠にありがとうございました」

だ、第二王女……。俺はかなり地位の高い人を助けていたらしい。

「恐縮です」

「ふむ。報酬を与えるに当たって、クローディアの証言と共にノアの生まれを調べさせてもらったのだが、どうやらアルデハイム家の者らしいな。どうして家名を名乗っておらんのだ？」

「私が家のことを隠して、自由に冒険者稼業《かぎょう》をやっていきたいと思ったからです」

アルデハイム家から追放されたことを話せば、父上に迷惑がかかってしまうはずだ。

だから、あくまで全て俺が独断でやったことと説明しよう。

これが俺に出来るせめてもの親孝行だろう。

「――それについては当主である私から説明させていただきます」

謁見の間の扉が開いた。

「父上……」

現れたのは父上だった。

父上の姿を見て、俺は胸の内から込み上げてくるものを感じた。

父上が生きていたことが何よりも嬉しかった。

「ほう。ヒルデガンドか。申してみよ」

「ありがとうございます。……私はノアが5歳のときに魔法の才能が無いと鑑定されてからアルデハイム家にいない者として扱ってきただけでなく、アルデハイム家から追放し、命までも奪おうとしました」

「なんと……！」

貴族達から驚きの声が上がった。

「ノア、本当にすまなかった。許してくれとは言わないが、相応の償いは受ける覚悟は出来ている。……陛下、以上が私からの説明になります」

父上が俺を見る目は凄く悲しそうだった。

「なるほど、よく分かった。正直に述べてくれたことを嬉しく思う。ではヒルデガンドに処罰を与える。異議はないな？」

「はい。何もございません」

「よろしい。ではヒルデガンドの処罰は伯爵から男爵に降爵とする」

「な……！　陛下、それだけでよろしいのですか……？」

「今までの功績と夢幻亀討伐でヒルデガンドが残した功績を考慮すると、これぐらいが妥当だろう。それから息子と会話する時間を作るのだな」

「……ありがとうございます！」

父上は涙を流しながら平伏《ひれふ》した。俺も少し涙腺がゆるくなった。

「よし、それではノアとアレクシアに勲章の授与を行う。勲二等聖魔勲章を授けよう」

周囲がざわざわとした。

勲二等聖魔勲章はかなり名誉なもので確か授けられたのは100年前とかだったか。ものすごい勲章が授与されたな……。

「それからアレクシアに授けるのは難しいのだが、ノアには準男爵の地位を授けよう」

ユンが予想していた通り、爵位の授与も行われるようだ。

「爵位の授与については申し訳ありませんが、辞退させて頂きたく思います。今後私は冒険者として世界を旅する予定なので、貴族としての責務を果たすことは出来そうにないので……」

「ふむ、なるほど。残念だが、それならば仕方ない。救国の英雄に無理を言うわけにはいかない」

「ありがとうございます」

「では次に報酬だ。二人には白金貨1000枚を与える」

白金貨は1枚で金貨が100枚分ぐらいの価値がある。

つまり白金貨1000枚は金貨100000枚分ぐらいの価値があるというわけだ。

もう一生遊んで暮らせるぞ……。

俺とアレクシア、二人合わせて白金貨2000枚を貰《もら》うことになるわけか……。

『ノア、一体何を驚いているの？』

『後で話す……なんか凄いことになってるから……』

そう言うと、アレクシアはコクリと頷《うなず》いた。

「最後に冒険者ギルドより昇級の連絡が来ている。ノアとアレクシア、両名D級からS級へと昇格させるとのことだ。おめでとう」

「あ、ありがとうございます……」

……とんでもないものを色々貰って、謁見は終了した。

◇

謁見の後、俺は少し父上と話をした。

「ノアには本当に償っても償い切れないことをしたな……。本当にすまない」

「せ、せ、せんまいッ!?」

「……父上、俺はアルデハイム家を追放されてから肉親を失った女の子と出会ったんです。彼女とは本当の家族のように仲良くなって、家族の大切さや尊さがなんとなくですが分かるようになったんです」

「ノア……すまなかった……」

父上は目に手をあて、涙交じりの声で言った。

「俺は父上とやり直せると思ってるんです。だって、俺達は血の繫《つな》がった家族ですから」

「……ありがとう、ノア。今はお前がただただ誇らしい」

「は、はは、なんだか照れくさいですね」

「そうだな」

「……父上、俺はこれからやりたいこと、やらなければならないことのために世界を旅します。それで旅が終わった後、またアルデハイムの屋敷を訪れてもいいですか？」

「ああ、もちろんだ」

父上はそう言って、首にぶら下げていたロケットペンダントを外し、俺に渡した。

「これは……？」

「開いてみてくれ」

ロケットペンダントを開くと、金髪の美しい女性がいた。

「その女性の名はレイナ。お前の母親だ」

「……愛していたんですね、母上のことを」

「ふっ、そうだな」

父上は照れくさそうに笑った。

「そのペンダントをお前に預ける。生きて私のもとに届けに来なさい」

「……はい！」

きっと俺は父上に認めてもらうことが出来たのだろう。

その事実がとても嬉《うれ》しかった。

◇

城で舞踏会が開催されるらしく、俺達も参加することになった。

現在は舞踏会の会場に移動している最中だ。

移動中に謁見の時にあった出来事をアレクシアに説明する。

『……というわけで名誉ある勲章とめちゃくちゃな大金を貰いました』

『なんだかよく分からないけど凄《すご》いわ』

『もうお金に困ることはないだろうね』

『……もしかして美味《おい》しい料理も沢山食べられる？』
『料理換算⁉　ま、まぁ食べられるけど』
『それは素敵』
アレクシアは食欲に素直だなぁ……。
まあ現代の料理をそれだけ気に入ってくれているのはとても嬉しいことだ。
『美味しい料理ならこの後沢山食べられると思うよ』
『……なるほど、みんなの役に立つと現代では美味しい料理が食べられる』
アレクシアは理解した様子でウンウン、と首を縦に振った。
『間違ってはないかな……？』
白金貨を使えば何もしなくても美味しい料理が食べられる訳だが、それを言うのは無粋
そうだ。
会場に到着すると、白いテーブルクロスの上に沢山の料理が載せられていた。
それを見てアレクシアは目を輝かせた。
『食べて良い？』
『はは、早速食べようか』
『うん。食べる』

席に着いて、料理を食べる。

豪華で美味しい料理がいっぱいで、アレクシアは美味しそうに頬張っている。

社交界ではマナーが重要視されるだろうが、気にせず食べる。

貴族になるわけでもなく冒険者として過ごすのなら、無作法なぐらいが丁度いいだろうからね。

それに、マナーなんて気にしてたら楽しい時間を過ごせないさ。

会場では音楽が奏《かな》でられており、貴族達がダンスを踊っている。

「ノア様、私と踊ってくださいますか？」

クローディアさんが現れた。

手を前に出して、俺を誘っている。

「もちろん。構いませんよ」

その手を取って、俺はクローディアさんと踊り始めた。

基本的なダンスのステップなどは本を見て知っているので、問題なく踊ることが出来る。

「以前、ノア様に助けられた後、私はヒルデガンド様の発言を聞いて驚いたんです。ノア様をいない者として扱っていましたから」

ダンスの最中、クローディアさんは悲しげな表情を浮かべながら言った。

「ははは、しかしもうアルデハイム家に帰る気はないので、いないも同然ですよ。それに父上は反省してくれていますから」

「……お優しいんですね」

「そんなことないです。これぐらい普通ですよ」

「ご謙遜なさらずに。誰よりも強い魔法使いで、誰よりも優しい、それがノア様です」

「随分と評価してくれているんですね……ありがとうございます」

「ノア様はラスデアの英雄ですからね。事実を言ったまでですよ。……それと一つ不躾《ぶしつけ》なことをお聞きするのですが、アレクシア様とはどういったご関係なのですか？」

クローディアさんは少し不安そうに言った。

アレクシアの名前が出てくるとは思いもしなかった。

まさか、アレクシアがルーン族だと気付いている？

……そんなわけないか。

「冒険者仲間で俺にとって大切な存在……って感じですかね」

「そうですか……。仲がよろしいんですね」

ニコッとクローディアさんは笑った。

「ええ。家族みたいなものかもしれませんね」

アレクシアはこの世界に家族はいなくて、俺を大切な人と言っていた。

そして俺もアレクシアは大切だと思っている。

だから俺達はきっと家族みたいなものなんだろう。

「……私なんかじゃかないませんね」

クローディアさんが小さな声でなにかを呟《つぶや》いた。

小さすぎてよく聞こえなかった。

「えっと、今なにかおっしゃいましたか？」

「あっ、いえっ！　ちょっと心の声が漏れたというか……なんというか……」

「なんだ、独り言でしたか。そういうときたまにありますよね」

「……ええ。そうなんです」

クローディアさんはそう言って、微笑《ほほえ》んだ。

それから3曲ほどクローディアさんとダンスを踊った。

「ふふ、とても楽しい時間をありがとうございました」

「いえ、俺も楽しかったです。ありがとうございました」

クローディアとのダンスを終え、アレクシアのもとへ戻る。

ジトーとアレクシアの視線が突き刺さる。

『なにかあった？』
『……私もノアと踊りたい』
『ああ、なるほどね』
　色んな人が踊っているのを見てアレクシアも踊りたくなったのだろう。
　だけど、アレクシアはまだまともにラスデア語を喋《しゃべ》ることが出来ない。
　だから、俺が終わるのをジッと待っていたってことか。
『踊り方は俺に合わせてくれればいいかな。あんまり上手《うま》くないけど』
『大丈夫。さっき見て覚えたから』
『ほほう。じゃあお手並み拝見といこうかな』
　リズムに合わせてアレクシアと一緒に踊る。
　アレクシアは見て覚えた、と言うだけあって普通に踊れていた。
　凄いな。きっと運動神経が良いのだろう。
　……いや、違うな。これはルーン魔法を使っているぞ。
　アレクシアは無詠唱で《模倣》を使い、さっきのクローディアの動きを真似《まね》していたのだ。
『《状態解除》』

《状態解除》で《模倣》の効果を消してみる。

『あっ』

《模倣》がなくなったアレクシアは途端に踊りが不格好になった。

『自分で踊った方が楽しいよ』

『でも踊り方分からないから……』

『だから俺に合わせるように踊れば大丈夫だよ』

『……分かった』

アレクシアは顔を恥ずかしそうに赤らめた。

『そうそう。その調子』

『……ん……確かに自分で踊った方が楽しい』

『それなら良かったよ』

◇

夢幻亀討伐後のパレードは三日三晩続いた。

それだけ国民達は夢幻亀の存在に絶望し、討伐されたことを喜んでいるのだろう。

だが、俺だけは素直に喜べなかった。

今回の一件が闇の精霊の仕業だと踏んでいるからだ。

『ファフニール、今回の一件は闇の精霊の仕業だと思う？』

俺の頭の上で体を丸めてくつろいでいるファフニールに話しかけた。

『どうだろうな。だが、妖精の時の一件を見ると無関係とは思えん。あれだけの力は異質すぎる』

『うん。俺もそう思う』

古代文字《ルーン》を扱うことの出来る謎の精霊。

本当に存在するのかも怪しいところだ。

王都にある図書館で精霊についての文献を漁《あさ》ってみたが、闇の精霊の情報は何も得られなかった。

闇の精霊については文献を漁って解決する問題ではないな。

精霊に闇の精霊について聞いてみるのが最適だろうか。

精霊となると……精霊魔法を使える者に会いに行く必要があるな。

しかし、人族では精霊魔法を使える者は滅多にいない。

それは種族的に精霊魔法の適性がないことが原因だ。

つまり、他種族の領域に足を踏み込んでいかなければならない。

ラスデアから近くて、最も精霊魔法に適性のある種族はエルフ族だ。

そろそろ王都リードルフを出発して、エルフの森を目指してもいいかもしれないな。

朝食後、部屋の机に向かいながらそんなことを考えていると、扉がノックされた。

「ノア、今日もラスデア語の勉強をしよう」

アレクシアが部屋にやってきた。

話している言語はラスデア語。

学び始めてから今日で丁度2週間ぐらいで結構話せるようになってきている。

かなり上達が早いのではないだろうか。

「分かったよ。でもその前に少し話しておきたいことがあるんだ」

「なに?」

「そろそろ俺はこの街を出ようかと思うんだ」

「どうして?」

「夢幻亀を召喚したのは闇の精霊という古代文字《ルーン》を扱う存在だと思っているんだ」

「古代文字《ルーン》……気になるね」

「ああ。だからそいつを倒さない限り、根本的な解決にはならないと思う。また同じような出来事が起きたとき、今回のように上手くいくとは限らないから」

「そう。ユンとお別れするのは少し寂しいけど、それなら仕方ない。私はノアと一緒にいたいからどんなところでもついていく」

「お、それは嬉《うれ》しいし、心強いな。アレクシアがいれば百人力だ」

　こうして話していると本当に家族みたいだ。

　妹とかいるとこんな感じなんだろうか。

「それでまずはどこに向かうの？」

「エルフの森に向かおうと思ってる。エルフは精霊魔法が使えるから闇の精霊の手がかりを何か得られるかもしれない」

「分かった。このことはユンにも話さないとね」

「ラスデア語の勉強が終わったら工房に行こうか」

「ユンは魔導具作りに集中してるとかなり待たなきゃいけないから、今のうちに行くのが良い」

「あー、それもそうだな」

　というわけでユンの工房にやってきた。

「あら、ノアとアレクシア。こんな時間に来るなんて珍しいじゃない。どうしたの？」

「実はユンに伝えておきたいことがあってね。そろそろここを旅立とうと思うんだ」

そう話を切り出して、ユンに闇の精霊について話をした。

「……そう。ついに旅立っていくのね。いつ出ていくの？」

ユンは寂しそうな顔をして言った。

「特に決めてはいないけど、早い方がいいな。闇の精霊が次何をするか分からないから」

居心地が良くて、つい長居してしまった。

「そうね！　またあんな化物が現れたら堪《たま》ったもんじゃないわね！　旅のことは安心して！　私がノア達用の魔動四輪車を作っておいたわ！」

「俺達用？」

「ええ。古代文字《ルーン》で結構融通が利《き》くみたいだから動作内容を省いた本体だけを製作しておいたの。ま、動かすなら勝手に動かしてっていう状態のものよ！」

ユンは工房の隅にあった四輪車に人差し指を向けた。

確かにユンの言う通り、現代の魔術言語よりも古代文字《ルーン》の方が色々と都合がいい。

制限が少なく、様々な条件を加えることが出来る。

俺達のことを考えて作ってくれた代物だろう。

「本当に何から何まで世話になったな。感謝してもし切れないぐらいだ」

「ありがとう、ユン」

「う、うう……！　二人ともありがとう～！　寂しいよぉ～！」

ユンは涙を流しながら俺達に抱き着いた。

『ぬおっ⁉』

ファフニールは咄嗟《とっさ》に避けるように空中へ飛んだ。

「また会いに来るさ」

「ユン、私も寂しい。一緒にいこう」

「嬉しいけど、残念ながらここを長く空けるのは出来ないわね……。色々と仕事も山積みだから……」

「そっか。じゃあ仕方ないな」

「ユン……」

アレクシアも涙を流していた。俺も目頭が熱くなったけど、なんとか我慢する。

ユンは涙を拭って、笑顔を浮かべる。

「旅立ちは早い方がいいのよね！　ならもう旅立ったほうがいい！　……今旅立ってくれないと私も付いていっちゃいそうになるから！」

「ず、随分と急だな……」

「いいからいいから！　ほら、行った行った！」

半ば強引にユンに背中を押され、もう旅立つことに。

ファフニールは呆《あき》れたように呟《つぶや》く。

『そんなに付いていきたいなら行けば良いではないか』

きっと、それが出来たら苦労はしないのだろう。

ユンは色んな人と繋《つな》がりがあって、俺が想像も出来ないほど責任のある立場なのだと思う。そんなユンが俺達と一緒に王都を離れるなんてことは出来ないのだろう。

残念だが、仕方ない。

俺は《アイテムボックス》を利用し、魔動四輪車を屋敷《やしき》の外へ運ぶ。

魔動四輪車に古代文字《ルーン》を記して、動作内容を与える。

魔石が内蔵されているため、今すぐ使うことが出来る。

「じゃあこれでお別れだな」

「ええ。でも、また会いに来てくれるんでしょ？」

「ははっ、そうだな。必ず会いに来るよ」

「料理も美味《おい》しかったから、また食べに来ないと」

「アレクシア……それは私じゃなくて雇ってるシェフに会いに来ることになるわよ！」

「じゃあそうする」

「そうするなー！　私に会いにきなさーい！」

「ははは！」

アレクシアとユンも冗談で笑い合っていた。

出会った当初よりもアレクシアの言動や表情は柔らかくなった。

現代にかなり慣れてきた証拠だろう。

「それじゃ元気でな」

「ユン、バイバイ」

「ええ。ノアとアレクシアも元気でね！」

そして、魔動四輪車は出発する。

空は青く澄み渡っていて、王都に暮らす人々の音が聞こえてくる。

「あ、ノア様とアレクシア様だ！」

「なんか珍しい乗り物に乗ってるぞ！」

そして色んな人から声をかけられるようになった。

アルデハイム家から追い出されて、本当に色んな出来事が起きたと思う。

まさか古代民族と仲良くなったり、英雄と呼ばれるようになったり、大金持ちになったり、父上から認めてもらったり……予想すらしていなかったことが沢山起きた。

いろんな文化に触れたい、それだけを理由に世界を旅したいと思っていたが、今は少し変わった。

闇の精霊を倒さなければいけないし、ルーン族についても知りたいと思っている。

きっと、これから先も俺の目的は絶えず変わっていくのだろう。

「ノア、笑ってる。楽しいの？」

隣でアレクシアが首を傾《かし》げていた。

『どうせまたなんか考えていたのだろう』

ファフニールにまで言われてしまった。

……どうやら俺は自分でも気づかないうちに笑っていたらしい。

ちょっと変な奴《やつ》だ。

でも、それだけ未来に希望を抱いているのだろう。

「これからのことを思うとワクワクするよ」

「うん。私も楽しみ」

「よし、まず目指すはエルフの森だ。結構距離があるから長旅になるぞー」

「その間にラスデア語マスターする」

「お、良《い》い心がけだね。暇つぶしにもなるし」

「うん。頑張る」

だが、希望だけではないことも事実だ。

夢幻亀の一件が闇の精霊でなければ、同等に恐ろしい奴が他にもいるということになる。

そいつらと戦うことになれば、夢幻亀以上に強敵かもしれない。

だけど——アレクシアとファファニールがいれば乗り越えていける。

そんな気がしていた。

あとがき

こんにちは、作者の蒼乃白兎《あおのはくと》です。

本作品は小説投稿サイト「小説家になろう」に投稿していたものをファンタジア文庫から書籍化させていただきました。

ウェブ版よりも内容を変更していて、【翻訳】という才能をより深く掘り下げた内容になったのではないかと思っております。

細かい部分の修正や加筆も行っているので、ウェブ版とはまた違った読み味になっているのではないでしょうか。

僕は主人公が強くて、活躍して、周囲に驚かれる作品が好きなので、そこは変更前後で全く変わらない作品の売りなのかなと思っております。

だから僕が書く大体の物語は主人公が周囲から冷遇されているけど、実は超すごいって作品が多いです。

それが一番自信を持って書ける作風ですし、何より自分自身が好きな物語構造なので、読者の好きな展開が分かるのも強みなのかなと。

しかし、その中でも今作は【翻訳】という才能を深く掘り下げて、拡大解釈しながら物語を執筆できたのではないかと思います。

担当編集者様にはそのサポートを手厚くしていただきました。

昨今ではウェブ発の小説や漫画からヒット作が多くなり、編集者不要論とか言われていますけど、僕は全然そんなことないと思っています。

打ち合わせをするたびに編集者って偉大だと思わされますし、作品の完成度も間違いなく上がります。

……あ、別にこれはごますりしているわけじゃなく、本心ですよ、ハハハ……。

それから本作はコミカライズが決定しております！

コミカライズを担当していただくのは丸智之《まるともゆき》先生です。

ガンガンONLINEにて今春より連載開始予定です。

どうかよろしくお願いいたします！

既にネームを見せてもらっていますが、めちゃくちゃ面白かったです！

世界観、主人公の見せ場、テンポ、どれも良い《い》具合に描かれていて、かなり期待できそうでした！

最後に謝辞です。

担当編集者様。ご指摘から多くのことを学ばせていただきました。おかげさまで、ウェブ版以上に完成度を高めることができました。いろいろ指導してくださり、誠にありがとうございます。

イラストレーターのかなどめはじめ先生。素敵なキャラデザとイラストをありがとうございます。アレクシアかわいいです。

そして、この本を手に取ってくださった読者様。本当にありがとうございます。

またお会いできるように努力していきますので、よろしくお願いいたします。

蒼乃白兎

富士見ファンタジア文庫

【翻訳《ほんやく》】の才能《さいのう》で俺《おれ》だけが世界《せかい》を改変《かいへん》できる件《けん》
~ハズレ才能《さいのう》【翻訳《ほんやく》】で気付《きづ》けば世界最強《せかいさいきょう》になってました~

令和4年3月20日　初版発行

著者——蒼乃白兎《あおのはくと》

発行者——青柳昌行
発　行——株式会社KADOKAWA
〒102-8177
東京都千代田区富士見2-13-3
0570-002-301（ナビダイヤル）
印刷所——株式会社暁印刷
製本所——本間製本株式会社

ISBN978-4-04-074484-1 C0193　◇◇◇

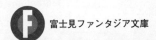

その男、
アード
元・最強の《魔王》さま。その強さ故に孤独となってしまった。只の村人に転生し、友だちを求めることになるのだが……?
ジニー
いじめられっ子のサキュバス。救世主のように助けてくれたアードのことを慕い、彼のハーレムを作ると宣言して!?
イリーナ
正義感あふれるエルフの少女(ちょっと負けず嫌い)。友達一号のアードを、いつも子犬のように追いかけている
神話に名を刻む史上最強の大魔王、ヴァルヴァトス。
王としての人生をやり尽くした彼は、平凡な人生に憧れ、
数千年後、村人・アードへと転生するのだが……
魔法の力が劣化した現代では、手加減しても、アードは規格外極まる存在で!? 噂は広まり、嫁にしてほしいと言い寄ってくる女、次代の王へと担ぎ上げようとする王族、果ては命を狙う元配下が学園に押し掛けてくるのだが、
そんな連中を一蹴し、大魔王は己の道を邁進する……!

ファンタジア文庫
すべてを蹂躙《じゅうりん》する。
史上最強の大魔王、村人Aに転生する
The Greatest Maou Is Reborned To Get Friends
下等妙人
イラスト／水野早桜
シリーズ好評発売中!

この少年
すべてが
天上優夜《てんじょうゆうや》
異世界で
レベルアップした結果、
最強の身体能力を
手に入れた少年
シリーズ好評発売中！

チートすぎる

異世界でチート能力《スキル》を手にした俺は、現実世界をも無双する

～レベルアップは人生を変えた～

I got a cheat ability in a different world, and became extraordinary even in the real world.

著：美紅
イラスト：桑島黎音

幼い頃から酷い虐めを受けてきた少年が開いたのは『異世界への扉』だった！　初めて異世界を訪れた者として、チート級の能力を手にした彼は、レベルアップを重ね……最強の身体能力を持った完全無欠な少年へと生まれ変わった！　彼は、2つの世界を行き来できる扉を通して、現実世界にも旋風を巻き起こし――!?　異世界×現実世界。レベルアップした少年は2つの世界を無双する！

ファンタジア文庫

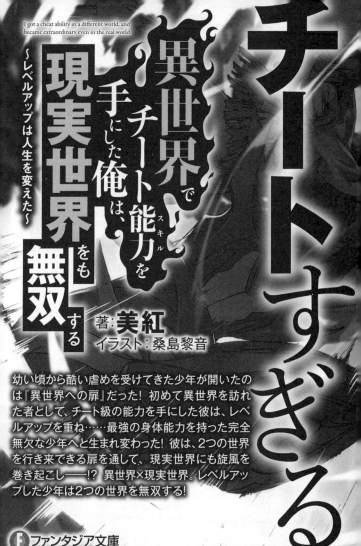

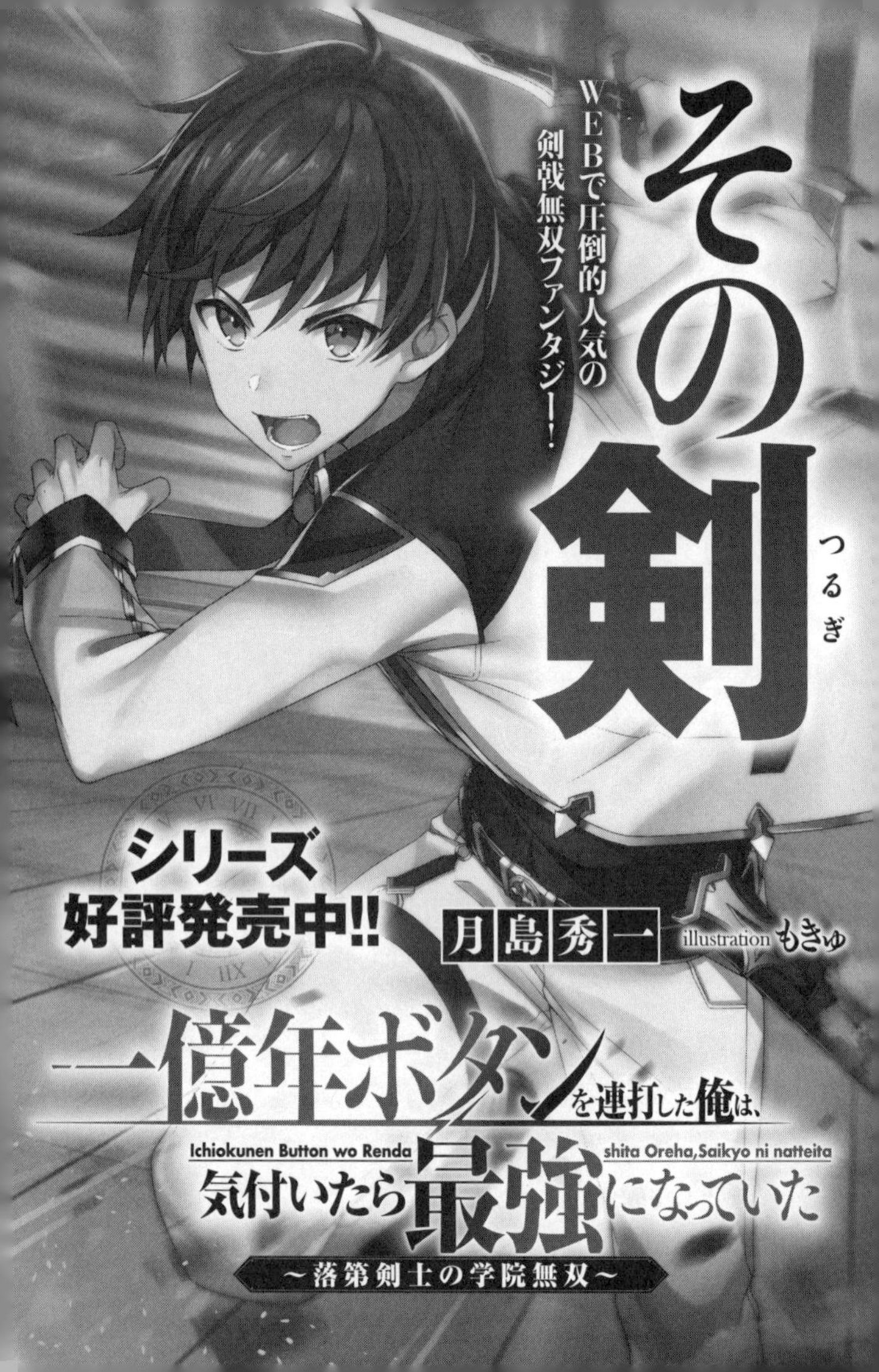
その剣《つるぎ》
WEBで圧倒的人気の
剣戟無双ファンタジー!!
シリーズ
好評発売中!!
月島秀一
illustration もきゅ
一億年ボタンを連打した俺は、
Ichiokunen Button wo Renda shita Oreha,Saikyo ni natteita
気付いたら最強になっていた
～落第剣士の学院無双～

STORY

周囲から『落第剣士』と蔑まれる少年アレン。彼はある日、剣術学院退学を賭けて同級生の天才剣士と決闘することになってしまう。勝ち目のない戦いに絶望する中、偶然アレンが手にしたのは『一億年ボタン』。それは「押せば一億年間、時の世界へ囚われる」呪われたボタンだった!?　しかし、それを逆手に取った彼は一億年ボタンを連打し、十数億年もの修業の果て、極限の剣技を身に付けていき――。最強の力を手にした落第剣士は今、世界へその名を轟かせる！

ティナ
四大公爵家の
ひとつ、ハワード家に
生まれた公女殿下。
なぜか誰でも扱える
程度の魔法すら使う
ことができない。
変える
はじめましょう
アレン
公爵令嬢ティナの
家庭教師を務める
ことになった青年。魔法
の知識·制御にかけては
他の追随を許さない
圧倒的な実力の
持ち主。
発売中！